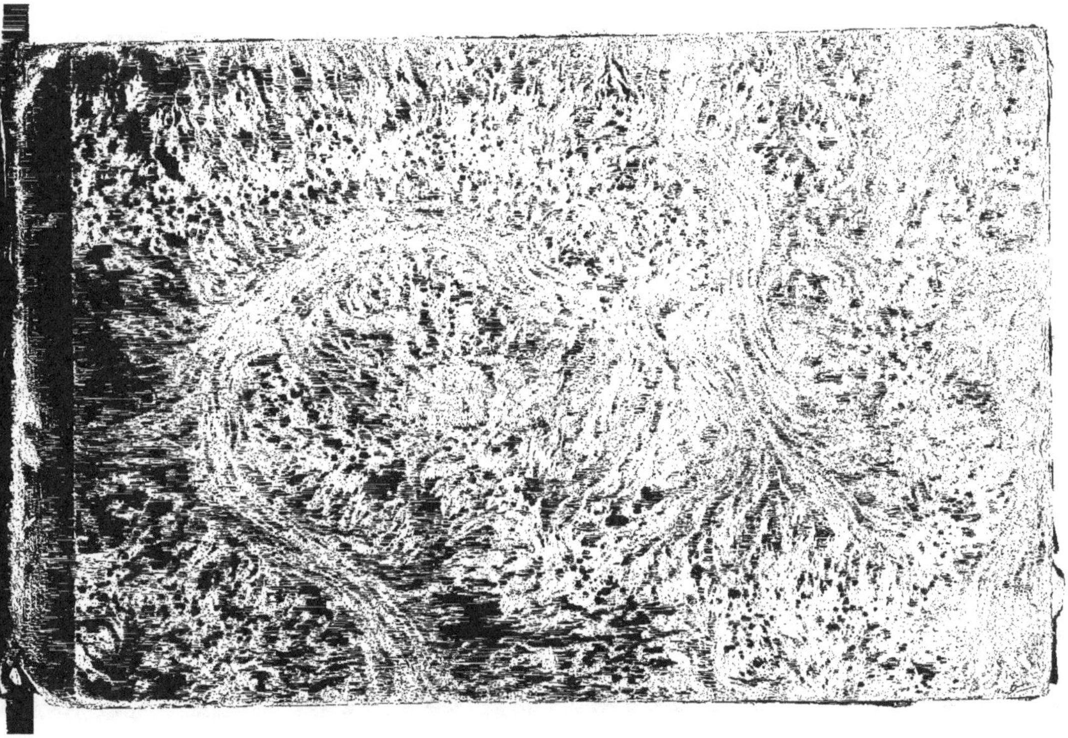

Fables Choisies

MISES EN VERS

Par J. De La Fontaine;

ÉDITION ORNÉE DE 54 FIGURES EN TAILLE-DOUCE.

Paris,

AUGUSTE BOULLAND ET Cᴵᴱ, LIBRAIRE, RUE DU BATTOIR, Nᵒ 12.

1824.

NOTICE

SUR DE LA FONTAINE.

Jean de La Fontaine naquit à Château-Thierry, le 8 juillet 1621. Son père, nommé aussi Jean de La Fontaine, était maître particulier des eaux et forêts, et sa mère, Françoise Pidoux, était fille du bailli de Coulommiers. Il fit ses études à Reims, ville qu'il a toujours affectionnée depuis. Il entra à l'âge de dix-neuf ans chez les pères de l'Oratoire, où il ne resta que dix-huit mois.

A vingt-deux ans, il ignorait encore les talens qu'il recélait pour la poésie. La lecture qu'il entendit faire de l'ode de Malherbe sur l'assassinat de Henri IV lui

1

fit sentir qu'il était né poëte. Un des ses parens, nommé Pintrel, homme fort
instruit, ayant vu ses premiers essais, l'encouragea, et lui fit lire les meilleurs
auteurs anciens et modernes. Marot, Rabelais et Durfé étaient les auteurs qu'il
chérissait le plus : la simplicité et la naïveté qui régnaient dans le style de ces
écrivains caractérisa bientôt les ouvrages de La Fontaine ; et quoiqu'il ignorât la
langue grecque, il lut dans les traductions latines les auteurs grecs les plus célèbres,
et il fit, entre autres, de Platon et de Plutarque sa lecture favorite. Souvent il priait
Racine de lui expliquer des passages de l'Iliade et de l'Odyssée d'Homère ; et les
études approfondies qu'il fit de ces deux admirables ouvrages, contribuèrent à en-
flammer son génie.

La Fontaine était d'un caractère doux, ingénu et naturel. Jamais auteur ne s'est
mieux peint dans ses livres : il était aussi simple que les héros de ses fables. En
société il parlait peu, ou parlait mal, à moins qu'il ne fût avec ses intimes amis,

et que la conversation ne roulât sur quelque sujet qui pût échauffer son imagination.

Par condescendance pour son père, il lui succéda dans la charge de maître des eaux et forêts ; mais il remplit cette place avec si peu de goût, que, pendant trente-deux ans qu'il l'exerça, il ne put parvenir à savoir les termes de son état. Il était si insouciant, qu'on ne peut pas dire qu'il rechercha en mariage, mais qu'il se laissa marier avec Marie Héricart, fille d'un lieutenant au bailliage royal de la Ferté-Milon. Cette jeune personne était douée d'une figure agréable ; son esprit était cultivé : mais on lui reproche un caractère fier et exigeant : et l'on croit que c'est elle que La Fontaine a voulu peindre sous le nom d'*Honesta*, dans le conte de *Belphégor*, et dans sa fable du *mal Marié*. L'aversion que La Fontaine avait pour tout ce qui pouvait le gêner, l'éloigna insensiblement de sa femme, dont il finit par se séparer entièrement. Cependant il naquit un fils de leur mariage : mais La Fontaine ne s'occupa aucunement de son éducation. Ce fut Maucroix, chanoine de Reims, et intime ami de son père, qui l'éleva jusqu'à l'âge de quatorze ans; ensuite M. de Harlay, premier président au parlement, lui donna un état.

La duchesse de Bouillon, ayant été exilée à Château-Thierry, fit connaissance avec La Fontaine, et l'engagea à s'exercer dans le genre léger. Ayant été rappelée à Paris, elle emmena ce poëte avec elle; et ce fut alors qu'il commença ses fables, ouvrage immortel qui sera toujours un modèle parfait de narration, de finesse, de naïveté et de simplicité piquante. A cette époque, La Fontaine ne possédait plus de fortune; il avait vendu tous ses biens, et sans doute il ne tirait pas un grand profit de ses ouvrages, puisque le surintendant Fouquet lui faisait une pension annuelle, pour laquelle il lui donnait à chaque quartier une quittance poétique. Après la disgrâce de ce ministre, le poëte reconnaissant implora, dans une élégie touchante, la clémence de Louis XIV; mais le juste ressentiment du monarque contre son ministre fut cause que La Fontaine ne fut jamais honoré de ses bienfaits.

On a remarqué que Louis XIV ne goûtait pas assez le genre dans lequel La Fontaine excella; il traitait ses fables à peu près comme il traitait les tableaux de Teniers; et La Fontaine, par son caractère distrait et par son apparence de stupidité, ne pouvait guère plaire à un roi tel que Louis XIV : d'ailleurs son apathie influait sur sa conduite, et lui ôtait le désir de briller à la cour.

La Fontaine cependant loua son roi d'aussi bonne grâce que ceux qui étaient comblés de ses dons. Malgré son esprit, son insouciance le rendait incapable de pourvoir à ses besoins : il fallut qu'on prît soin de lui. Aussi une femme de qualité, madame de La Sablière, qui avait beaucoup d'esprit et qui avait su apprécier le mérite de ce poëte, le recueillit chez elle et lui procura, sans qu'il s'en aperçût, toutes les choses nécessaires à la vie. C'est sûrement parce qu'il fut débarrassé de tous soins qu'il s'est livré à cette molle incurie et à cette douce paresse à laquelle nous sommes redevables du charme et de l'abandon qui règnent dans ses écrits.

Furetière prétend que, pendant sept années consécutives, La Fontaine brigua le fauteuil de l'académie, et qu'enfin il l'obtint à une majorité de seize voix contre sept.

Si le mérite de La Fontaine lui attira des envieux, en revanche il fut lié d'une amitié étroite et solide avec la plupart des grands hommes de son siècle. Molière, Racine, Boileau, Chapelle, Chaulieu et Lafare l'affectionnaient autant qu'ils en étaient chéris. Madame de La Sablière étant morte, il se trouva encore plus embarrassé que lorsqu'il était entré chez elle. La duchesse de Bouillon, qui était alors en Angleterre, entreprit de l'attirer dans ce pays; une maladie grave l'empêcha de se rendre à ses instances. Il avait toujours vécu dans une grande indifférence sur la religion : mais, d'après les conseils de ses amis, il appela un ecclésiastique, qui l'engagea d'abord à faire des aumônes et des prières. Sa maladie ayant augmenté, il se confessa et reçut le viatique. La Fontaine ne mourut point de cette maladie; il y survécut plus de deux ans, et M. et Mme d'Hervart lui prodiguèrent alors les soins les plus tendres et les plus assidus. Ils furent alarmés de le voir, à plus de soixante-dix ans, n'ayant d'autres soins que ce ux d'une femme à gages. Ils résolurent donc de lui offrir un appartement dans leur maison. Comme M. d'Hervart se rendait chez La Fontaine pour lui faire cette proposition, il le rencontra dans la rue, et lui dit : J'allais chez vous vous offrir de venir habiter notre maison. *J'y allais*, répondit La Fontaine. Cet abandon touchant est un hommage rendu à l'amitié généreuse, et n'a pas besoin de commentaire. Sur la fin de sa vie, il entreprit de traduire les hymnes de l'Eglise; mais il renonça bientôt à ce genre de travail, auquel il était peu propre.

Il mourut à Paris le 13 mars 1696. Son épitaphe, qu'il avait faite d'avance, le peint parfaitement :

> Jean s'en alla comme il était venu,
> Mangeant son fonds après son revenu,
> Croyant le bien chose peu nécessaire.
> Quant à son temps, bien le sut dépenser :
> Deux parts en fit, dont il soûlait passer
> L'une à dormir, et l'autre à ne rien faire.

FABLES CHOISIES,

MISES EN VERS

PAR J. DE LA FONTAINE.

LA CIGALE ET LA FOURMI.

La cigale, ayant chanté
　　Tout l'été,
Se trouva fort dépourvue
Quand la bise fut venue.
Pas un seul petit morceau
De mouche ou de vermisseau.

2

Elle alla crier famine
Chez la fourmi sa voisine,
La priant de lui prêter
Quelque grain pour subsister
Jusqu'à la saison nouvelle.
Je vous paîrai, lui dit-elle,
Avant l'oût, foi d'animal,
Intérêt et principal.
La fourmi n'est pas prêteuse :
C'est là son moindre défaut.
Que faisiez-vous au temps chaud ?
Dit-elle à cette emprunteuse.
Nuit et jour à tout venant
Je chantais, ne vous déplaise.
Vous chantiez ? J'en suis fort aise ;
Hé bien, dansez maintenant.

Le Corbeau et le Renard.

LE CORBEAU ET LE RENARD.

Maître corbeau, sur un arbre perché,
　　Tenait en son bec un fromage ;
Maître renard, par l'odeur alléché,
　　Lui tint à peu près ce langage :
　　Hé ! bonjour, monsieur du corbeau !
Que vous êtes joli ! que vous me semblez beau !
　　Sans mentir, si votre ramage
　　Se rapporte à votre plumage,
Vous êtes le phénix des hôtes de ces bois.
A ces mots, le corbeau ne se sent pas de joie,
　　Et, pour montrer sa belle voix,
Il ouvre un large bec, laisse tomber sa proie.

Le renard s'en saisit, et dit : Mon bon monsieur,
       Apprenez que tout flatteur
    Vit aux dépens de celui qui l'écoute:
Cette leçon vaut bien un fromage sans doute.
       Le corbeau, honteux et confus,
Jura, mais un peu tard, qu'on ne l'y prendrait plus.

La Grenouille qui veut se faire aussi grosse que le Bœuf.

LA GRENOUILLE.

QUI VEUT SE FAIRE AUSSI GROSSE QUE LE BŒUF.

Une grenouille vit un bœuf
    Qui lui sembla de belle taille.
Elle, qui n'était pas grosse en tout comme un œuf,
Envieuse, s'étend, et s'enfle, et se travaille,
    Pour égaler l'animal en grosseur,
      Disant : Regardez bien, ma sœur,
Est-ce assez ? dites-moi ; n'y suis-je point encore ?
Nenni. M'y voici donc ? Point du tout. M'y voilà ?

Vous n'en approchez point. La chétive pécore
S'enfla si bien qu'elle creva.

Le monde est plein de gens qui ne sont pas plus sages :
Tout bourgeois veut bâtir comme les grands seigneurs ;
Tout petit prince a des ambassadeurs ;
Tout marquis veut avoir des pages.

LES DEUX MULETS.

Deux mulets cheminaient, l'un d'avoine chargé,
  L'autre portant l'argent de la gabelle.
Celui-ci, glorieux d'une charge si belle,
N'eût voulu pour beaucoup en être soulagé.
    Il marchait d'un pas relevé,
    Et faisait sonner sa sonnette :
    Quand l'ennemi se présentant,
    Comme il en voulait à l'argent,
Sur le mulet du fisc une troupe se jette,
   Le saisit au frein et l'arrête.
   Le mulet, en se défendant,
Se sent percer de coups; il gémit, il soupire.

Est-ce donc là, dit-il, ce qu'on m'avait promis ?
Ce mulet qui me suit du danger se retire,
    Et moi j'y tombe et je péris.
    Ami, lui dit son camarade,
Il n'est pas toujours bon d'avoir un haut emploi :
Si tu n'avais servi qu'un meunier, comme moi,
    Tu ne serais pas si malade.

Le Loup et le Chien.

LE LOUP ET LE CHIEN.

Un loup n'avait que les os et la peau,
    Tant les chiens faisaient bonne garde :
Ce loup rencontre un dogue aussi puissant que beau,
Gras, poli, qui s'était fourvoyé par mégarde.
      L'attaquer, le mettre en quartiers,
      Sire loup l'eût fait volontiers ;
      Mais il fallait livrer bataille ;
      Et le mâtin était de taille
      A se défendre hardiment.
      Le loup donc l'aborde humblement,
    Entre en propos, et lui fait compliment
      Sur son embonpoint qu'il admire.

3

Il ne tiendra qu'à vous, beau sire,
D'être aussi gras que moi, lui répartit le chien.
      Quittez les bois, vous ferez bien :
      Vos pareils y sont misérables,
      Cancres, hères et pauvres diables,
Dont la condition est de mourir de faim.
Car, quoi ! rien d'assuré : point de franche lippée ;
      Tout à la pointe de l'épée.
Suivez-moi, vous aurez un bien meilleur destin.
   Le loup reprit : Que me faudrait-il faire ?
Presque rien, dit le chien, donner la chasse aux gens
      Portant bâtons, et mendians ;
Flatter ceux du logis, à son maître complaire :
      Moyennant quoi, votre salaire
Sera force reliefs de toutes les façons,
      Os de poulets, os de pigeons,

Sans parler de mainte caresse.
Le loup déjà se forge une félicité
   Qui le fait pleurer de tendresse.
Chemin faisant, il vit le cou du chien pelé :
Qu'est cela? lui dit-il. Rien. Quoi rien? Peu de chose.
Mais encor? Le collier dont je suis attaché,
De ce que vous voyez est peut-être la cause.
Attaché! dit le loup : vous ne courez donc pas
   Où vous voulez? Pas toujours, mais qu'importe?
Il importe si bien, que de tous vos repas
   Je ne veux en aucune sorte,
Et ne voudrais pas même à ce prix un trésor.
Cela dit, maître loup s'enfuit et court encor.

LA BESACE.

Jupiter dit un jour : Que tout ce qui respire
S'en vienne comparaître aux pieds de ma grandeur.
Si dans son composé quelqu'un trouve à redire,
    Il peut le déclarer sans peur,
    Je mettrai remède à la chose.
Venez, singe, parlez le premier, et pour cause :
Voyez ces animaux; faites comparaison
    De leurs beautés avec les vôtres.
Êtes vous satisfait? Moi, dit-il, pourquoi non?
N'ai-je pas quatre pieds aussi bien que les autres?
Mon portrait jusqu'ici ne m'a rien reproché;
Mais, pour mon frère l'ours, on ne l'a qu'ébauché :

Jamais, s'il me veut croire, il ne se fera peindre.
L'ours venant là-dessus, on crut qu'il s'allait plaindre.
Tant s'en faut : de sa forme il se loua très-fort,
Glosa sur l'éléphant, dit qu'on pourrait encor
Ajouter à sa queue, ôter à ses oreilles,
Que c'était une masse informe et sans beauté.
    L'éléphant étant écouté,
Tout sage qu'il était, dit des choses pareilles.
    Il jugea qu'à son appétit,
    Dame baleine était trop grosse.
Dame fourmi trouva le ciron trop petit,
    Se croyant, pour elle, un colosse.
Jupin les renvoya s'étant censurés tous;
Du reste contens d'eux. Mais parmi les plus fous
Notre espèce excella ; car tout ce que nous sommes,
Lynx envers nos pareils, et taupes envers nous,

Nous nous pardonnons tout, et rien aux autres hommes.
On se voit d'un autre œil qu'on ne voit son prochain.
    Le fabricateur souverain
Nous créa besaciers tous de même manière,
Tant ceux du temps passé que du temps d'aujourd'hui.
Il fit pour nos défauts la poche de derrière,
Et celle de devant pour les défauts d'autrui.

L'Hirondelle et les petits Oiseaux.

L'HIRONDELLE ET LES PETITS OISEAUX.

UNE hirondelle en ses voyages
Avait beaucoup appris. Quiconque a beaucoup vu
    Peut avoir beaucoup retenu.
Celle-ci prévoyait jusqu'aux moindres orages,
    Et, devant qu'ils fussent éclos,
    Les annonçait aux matelots.
Il arriva qu'au temps que la chanvre se sème,
Elle vit un manant en couvrir maints sillons.
Ceci ne me plaît pas, dit-elle aux oisillons,
Je vous plains ; car, pour moi, dans ce péril extrême,
Je saurai m'éloigner, ou vivre en quelque coin.
Voyez-vous cette main qui par les airs chemine ?

Un jour viendra qui n'est pas loin ,
Que ce qu'elle répand sera votre ruine.
De la naîtront engins à vous envelopper,
    Et lacets pour vous attraper ;
    Enfin mainte et mainte machine ,
    Qui causera, dans la saison ,
    Votre mort ou votre prison :
    Gare la cage ou le chaudron.
    C'est pourquoi, leur dit l'hirondelle,
    Mangez ce grain, et croyez-moi.
    Les oiseaux se moquèrent d'elle :
    Ils trouvaient aux champs trop de quoi.
    Quand la chenevière fut verte,
L'hirondelle leur dit : Arrachez brin à brin
    Ce qu'a produit ce maudit grain,
Ou soyez sûrs de votre perte.

Prophète de malheur, babillarde, dit-on,
  Le bel emploi que tu nous donnes !
  Il nous faudrait mille personnes
  Pour éplucher tout ce canton.
  La chanvre étant tout-à-fait crue,
L'hirondelle ajouta : Ceci ne va pas bien,
  Mauvaise graine est tôt venue.
Mais puisque jusqu'ici on ne m'a crue en rien,
  Dès que vous verrez que la terre
  Sera couverte, et qu'à leurs blés
  Les gens n'étant plus occupés,
  Feront aux oisillons la guerre,
  Quand reginglettes et réseaux
  Attraperont petits oiseaux,
  Ne volez plus de place en place ;
Demeurez au logis, ou changez de climat :

4

Imitez le canard, la grue et la bécasse.
    Mais vous n'êtes pas en état
De passer comme nous les déserts et les ondes,
    Ni d'aller chercher d'autres mondes :
C'est pourquoi vous n'avez qu'un parti qui soit sûr,
C'est de vous renfermer aux trous de quelque mur.
    Les oisillons, las de l'entendre,
Se mirent à jaser aussi confusément
Que faisaient les Troyens quand la pauvre Cassandre
    Ouvrait la bouche seulement.
    Il en prit aux uns comme aux autres.
Maint oisillon se vit esclave retenu.

Nous n'écoutons d'instincts que ceux qui sont les nôtres,
Et ne croyons le mal que quand il est venu.

Le Rat de Ville et le Rat des Champs.

LE RAT DE VILLE ET LE RAT DES CHAMPS.

Autrefois le rat de ville
Invita le rat des champs,
D'une façon fort civile,
A des reliefs d'ortolans.

Sur un tapis de Turquie
Le couvert se trouva mis.
Je laisse à penser la vie
Que firent ces deux amis.

Le régal fut fort honnête,
Rien ne manquait au festin :
Mais quelqu'un troubla la fête
Pendant qu'ils étaient en train.

A la porte de la salle
Ils entendirent du bruit;
Le rat de ville détale,
Son camarade le suit.

Le bruit cesse, on se retire :
Rats en campagne aussitôt ;
Et le citadin de dire :
Achevons tout notre rôt.

C'est assez, dit le rustique :
Demain vous viendrez chez moi.
Ce n'est pas que je me pique
De tous vos festins de roi.

Mais rien ne vient m'interrompre :
Je mange tout à loisir.
Adieu donc. Fi du plaisir
Que la crainte peut corrompre.

Le Loup et l'Agneau.

LE LOUP ET L'AGNEAU.

La raison du plus fort est toujours la meilleure;
Nous l'allons montrer tout à l'heure.
Un agneau se désaltérait
Dans le courant d'une onde pure.
Un loup survient à jeun, qui cherchait aventure,
Et que la faim en ces lieux attirait.
Qui te rend si hardi de troubler mon breuvage?
Dit cet animal plein de rage.
Tu seras châtié de ta témérité.
Sire, répond l'agneau, que votre majesté
Ne se mette pas en colère,
Mais plutôt qu'elle considère
Que je me vas désaltérant
Dans le courant,

Plus de vingt pas au-dessous d'elle ;
Et que par conséquent, en aucune façon,
Je ne puis troubler sa boisson.
Tu la troubles, reprit cette bête cruelle ;
Et je sais que de moi tu médis l'an passé.
Comment l'aurais-je fait, si je n'étais pas né ?
Reprit l'agneau, je tette encor ma mère.
Si ce n'est toi, c'est donc ton frère.
Je n'en ai point. C'est donc quelqu'un des tiens ;
Car vous ne m'épargnez guère,
Vous, vos bergers et vos chiens :
On me l'a dit, il faut que je me venge.
Là dessus, au fond des forêts
Le loup l'emporte, et puis le mange
Sans autre forme de procès.

L'HOMME ET SON IMAGE.

POUR M. LE DUC DE LA ROCHEFOUCAULT.

Un homme qui s'aimait sans avoir de rivaux
Passait dans son esprit pour le plus beau du monde.
Il accusait toujours les miroirs d'être faux,
Vivant plus que content dans son erreur profonde.
Afin de le guérir, le sort officieux
    Présentait partout à ses yeux
Les conseillers muets dont se servent nos dames :
Miroirs dans les logis, miroirs chez les marchands,
    Miroirs aux poches des galans,
    Miroirs aux ceintures des femmes.
Que fait notre Narcisse? Il va se confiner
Aux lieux les plus cachés qu'il peut s'imaginer,

N'osant plus des miroirs éprouver l'aventure.
Mais un canal formé par une source pure
    Se trouve en ces lieux écartés :
Il s'y voit, il se fâche, et ses yeux irrités
Pensent apercevoir une chimère vaine.
Il fait tout ce qu'il peut pour éviter cette eau.
    Mais quoi ! le canal est si beau,
    Qu'il ne le quitte qu'avec peine.

    On voit bien où je veux venir.
  Je parle à tous ; et cette erreur extrême
Est un mal que chacun se plaît d'entretenir.
Notre âme, c'est cet homme amoureux de lui-même ;
Tant de miroirs, ce sont les sottises d'autrui,
Miroirs de nos défauts les peintres légitimes :
    Et quant au canal, c'est celui
  Que chacun sait, le livre des Maximes.

La Mort et le Bucheron.

L'A MORT ET LE BUCHERON.

Un pauvre bûcheron tout couvert de ramée,
Sous le faix du fagot aussi bien que des ans
Gémissant et courbé, marchait à pas pesans,
Et tâchait de gagner sa chaumine enfumée.
Enfin n'en pouvant plus d'effort et de douleur,
Il met bas son fagot, il songe à son malheur.
Quel plaisir a-t-il eu depuis qu'il est au monde?
En est-il un plus pauvre en la machine ronde?
Point de pain quelquefois, et jamais de repos.
Sa femme, ses enfans, les soldats, les impôts,
    Le créancier et la corvée
Lui font d'un malheureux la peinture achevée.

5

Il appelle la mort. Elle vient sans tarder,
　　Lui demande ce qu'il faut faire.
　　C'est, dit-il, afin de m'aider
A recharger ce bois, tu ne tarderas guère.

　　　Le trépas vient tout guérir :
　　　Mais ne bougeons d'où nous sommes.
　　　PLUTÔT SOUFFRIR QUE MOURIR,
　　　C'est la devise des hommes.

Le Renard et la Cigogne.

LE RENARD ET LA CIGOGNE.

COMPÈRE le renard se mit un jour en frais,
Et retint à dîner commère la cigogne.
Le régal fut petit et sans beaucoup d'apprêts.
  Le galant pour toute besogne,
Avait un brouet clair (il vivait chichement).
Ce brouet fut par lui servi sur une assiette :
La cigogne au long bec n'en put attraper miette ,
Et le drôle eut lapé le tout en un moment.
  Pour se venger de cette tromperie,
A quelque temps de là la cigogne le prie.
Volontiers, lui dit-il , car avec mes amis
  Je ne fais point cérémonie.
  A l'heure dite, il courut au logis

De la cigogne son hôtesse,
Loua très fort sa politesse,
Trouva le dîner cuit à point.
Bon appétit surtout, renards n'en manquent point.
Il se réjouissait à l'odeur de la viande
Mise en menus morceaux, et qu'il croyait friande.
On servit pour l'embarrasser,
En un vase à long col et d'étroite embouchure.
Le bec de la cigogne y pouvait bien passer;
Mais le museau du sire était d'autre mesure :
Il lui fallut à jeun retourner au logis,
Honteux comme un renard qu'une poule aurait pris,
Serrant la queue et portant bas l'oreille.

Trompeurs, c'est pour vous que j'écris,
Attendez-vous à la pareille.

L'ENFANT ET LE MAITRE D'ÉCOLE.

Dans ce récit je prétends faire voir
D'un certain sot la remontrance vaine.

Un jeune enfant dans l'eau se laissa choir
En badinant sur les bords de la Seine.
Le ciel permit qu'un saule se trouva,
Dont le branchage, après Dieu, le sauva.
S'étant pris, dis-je, aux branches de ce saule,
Par cet endroit passe un maître d'école.
L'enfant lui crie : Au secours, je péris.
Le magister se tournant à ses cris,
D'un ton fort grave à contre-temps s'avise
De le tancer : Ah ! le petit babouin !

Voyez, dit-il, où l'a mis sa sottise !
Et puis prenez de tels fripons le soin.
Que les parens sont malheureux qu'il faille
Toujours veiller à semblable canaille !
Qu'ils ont de maux ! et que je plains leur sort !
Ayant tout dit, il mit l'enfant à bord.

Je blâme ici plus de gens qu'on ne pense :
Tout babillard, tout censeur, tout pédant
Se peut connaître aux discours que j'avance.
Chacun des trois fait un peuple fort grand :
Le créateur en a béni l'engeance.
En toute affaire, ils ne font que songer
   Au moyen d'exercer leur langue.
Hé ! mon ami, tire-moi de danger,
   Tu feras après ta harangue.

Le Coq et la Perle.

LE COQ ET LA PERLE.

Un jour un coq détourna
Une perle qu'il donna
Au beau premier lapidaire.
Je la crois fine, dit-il;
Mais le moindre grain de mil
Serait bien mieux mon affaire.

Un ignorant hérita
D'un manuscrit, qu'il porta
Chez son voisin le libraire.
Je crois, dit-il, qu'il est bon,
Mais le moindre ducaton
Serait bien mieux mon affaire.

LE CHÊNE ET LE ROSEAU.

Le chêne un jour dit au roseau :
Vous avez bien sujet d'accuser la nature ;
Un roitelet pour vous est un pesant fardeau.
    Le moindre vent qui d'aventure
    Fait rider la face de l'eau
    Vous oblige à baisser la tête :
Cependant que mon front, au Caucase pareil,
Non content d'arrêter les rayons du soleil,
    Brave l'effort de la tempête.
Tout vous est aquilon, tout me semble zéphyr.
Encor si vous naissiez à l'abri du feuillage
    Dont je couvre le voisinage,

Le Chêne et le Roseau.

Vous n'auriez pas tant à souffrir ;
Je vous défendrais de l'orage.
Mais vous naissez le plus souvent
Sur les humides bords des royaumes du vent.
La nature envers vous me semble bien injuste.
Votre compassion, lui répondit l'arbuste,
Part d'un bon naturel ; mais quittez ce souci :
Les vents me sont moins qu'à vous redoutables ;
Je plie et ne romps pas. Vous avez jusqu'ici
Contre leurs coups épouvantables
Résisté sans courber le dos :
Mais attendons la fin. Comme il disait ces mots,
Du bout de l'horizon accourt avec furie
Le plus terrible des enfans
Que le nord eût portés jusque-là dans ses flancs.
L'arbre tient bon ; le roseau plie :

6

Le vent redouble ses efforts ,
Et fait si bien, qu'il déracine
Celui de qui la tête au ciel était voisine,
Et dont les pieds touchaient à l'empire des morts.

Conseil tenu par les Rats.

CONSEIL TENU PAR LES RATS.

U n chat nommé Rodilardus
  Faisait de rats telle déconfiture,
  Que l'on n'en voyait presque plus,
Tant il en avait mis dedans la sépulture.
Le peu qu'il en restait, n'osant quitter son trou,
Ne trouvait à manger que le quart de son soû;
Et Rodilard passait chez la gent misérable,
    Non pour un chat, mais pour un diable.
    Or, un jour qu'au haut et au loin
    Le galant alla chercher femme,

Pendant tout le sabbat qu'il fit avec sa dame,
Le demeurant des rats tint chapitre en un coin
    Sur la nécessité présente.
Dès l'abord, leur doyen, personne fort prudente,
Opina qu'il fallait, et plus tôt que plus tard,
Attacher un grelot au cou de Rodilard;
    Qu'ainsi, quand il irait en guerre,
De sa marche avertis, ils s'enfuiraient sous terre;
    Qu'il n'y savait que ce moyen.
Chacun fut de l'avis de monsieur le doyen :
Chose ne leur parut à tous plus salutaire.
La difficulté fut d'attacher le grelot.
L'un dit : Je n'y vas point, je ne suis pas si sot;
L'autre : Je ne saurais. Si bien que sans rien faire
  On se quitta. J'ai maints chapitres vus
  Qui pour néant se sont ainsi tenus;

Chapitres, non de rats, mais chapitres de moines,
    Voire chapitres de chanoines.

    Ne faut-il que délibérer?
    La cour en conseillers foisonne.
    Est-il besoin d'exécuter?
    L'on ne rencontre plus personne.

LA LICE ET SA COMPAGNE.

Une lice, étant sur son terme,
Et ne sachant où mettre un fardeau si pressant,
Fait si bien, qu'à la fin sa compagne consent
De lui prêter sa hutte, où la lice s'enferme.
Au bout de quelque temps sa compagne revient.
La lice lui demande encore une quinzaine :
Ses petits ne marchaient, disait-elle, qu'à peine.
    Pour faire court, elle l'obtient.
Ce second terme échu, l'autre lui redemande
    Sa maison, sa chambre, son lit.
La lice cette fois montre les dents, et dit :
Je suis prête à sortir avec toute ma bande,

Si vous pouvez nous mettre hors.
Ses enfans étaient déjà forts.

Ce qu'on donne aux méchans, toujours on le regrette.
    Pour tirer d'eux ce qu'on leur prête,
    Il faut que l'on en vienne aux coups;
    Il faut plaider, il faut combattre.
    Laissez-leur prendre un pied chez vous,
    Ils en auront bientôt pris quatre.

LE LION ET LE MOUCHERON.

Va-t'en, chétif insecte, excrément de la terre!
    C'est en ces mots que le lion
    Parlait un jour au moucheron.
    L'autre lui déclara la guerre.
Penses-tu, lui dit-il, que ton titre de roi
    Me fasse peur ni me soucie?
    Un bœuf est plus puissant que toi
    Je le mène à ma fantaisie.
    A peine il achevait ces mots,
    Que lui-même il sonna la charge,
    Fut le trompette et le héros.
    Dans l'abord il se met au large,

Puis prend son temps, fond sur le cou
Du lion qu'il rend presque fou.
Le quadrupède écume, et son œil étincelle :
Il rugit : on se cache, on tremble à l'environ,
    Et cette alarme universelle
    Est l'ouvrage d'un moucheron.
Un avorton de mouche en cent lieux le harcelle,
Tantôt pique l'échine, et tantôt le museau,
    Tantôt entre au fond du naseau.
La rage alors se trouve à son faîte montée.
L'invisible ennemi triomphe, et rit de voir
Qu'il n'est griffe ni dent en la bête irritée
Qui de la mettre en sang ne fasse son devoir.
Le malheureux lion se déchire lui-même,
Fait résonner sa queue à l'entour de ses flancs,
Bat l'air, qui n'en peut mais ; et sa fureur extrême

7

Le fatigue, l'abat : le voilà sur les dents.
L'insecte du combat se retire avec gloire :
Comme il sonna la charge , il sonne la victoire ,
Va partout l'annoncer, et rencontre en chemin
     L'embuscade d'une araignée :
     Il y rencontre aussi sa fin.

Quelle chose par là nous peut être enseignée ?
J'en vois deux, dont l'une est qu'entre nos ennemis
Les plus à craindre sont souvent les plus petits :
L'autre, qu'aux grands périls tel a pu se soustraire
     Qui périt pour la moindre affaire.

Le Lion et le Rat.

LE LION ET LE RAT.

Il faut, autant qu'on peut, obliger tout le monde.
On a souvent besoin d'un plus petit que soi.
De cette vérité deux fables feront foi,
    Tant la chose en preuves abonde.

    Entre les pattes d'un lion
Un rat sortit de terre assez à l'étourdie.
Le roi des animaux, en cette occasion,
Montra ce qu'il était, et lui donna la vie.
    Ce bienfait ne fut pas perdu.
    Quelqu'un aurait-il jamais cru
    Qu'un lion d'un rat eût affaire ?
Cependant il advint qu'au sortir des forêts,

Ce lion fut pris dans des rets
Dont ses rugissemens ne le purent défaire.
Sire rat accourut, et fit tant par ses dents
Qu'une maille rongée emporta tout l'ouvrage.

Patience et longueur de temps
Font plus que force ni que rage.

La Colombe et la Fourmi.

LA COLOMBE ET LA FOURMI.

L'autre exemple est tiré d'animaux plus petits.
Le long d'un clair ruisseau buvait une colombe,
Quand, sur l'eau se penchant, une fourmis y tombe ;
Et dans cet océan on eût vu la fourmis
S'efforcer, mais en vain, de regagner la rive.
La colombe aussitôt usa de charité.
Un brin d'herbe dans l'eau par elle étant jeté,
Ce fut un promontoire où la fourmis arrive.
    Elle se sauve ; et là-dessus
Passe un certain croquant qui marchait les pieds nus :
Ce croquant par hasard avait une arbalète.
    Dès qu'il voit l'oiseau de Vénus,

Il le croit en son pot, et déjà lui fait fête.
Tandis qu'à le tuer mon villageois s'apprête,
    La fourmis le pique au talon.
    Le vilain retourne la tête.
La colombe l'entend, part, et tire de long.
Le souper du croquant avec elle s'envole :
    Point de pigeon pour une obole.

Le Lièvre et les Grenouilles.

LE LIÈVRE ET LES GRENOUILLES.

Un lièvre en son gîte songeait ;
(car que faire en un gîte, à moins que l'on ne songe ?)
Dans un profond ennui ce lièvre se plongeait :
Cet animal est triste, et la crainte le ronge.
    Les gens d'un naturel peureux
    Sont, disait-il, bien malheureux !
Ils ne sauraient manger morceau qui leur profite :
Jamais un plaisir pur ; toujours assauts divers.
Voilà comme je vis : cette crainte maudite
M'empêche de dormir, sinon les yeux ouverts.
Corrigez-vous, dira quelque sage cervelle.
    Eh ! la peur se corrige-t-elle ?

Je crois même qu'en bonne foi
Les hommes ont peur comme moi.
Ainsi raisonnait notre lièvre,
Et cependant faisait le guet.
Il était douteux, inquiet :
Un souffle, une ombre, un rien, tout lui donnait la fièvre.
Le mélancolique animal,
En rêvant à cette matière,
Entend un léger bruit : ce lui fut un signal
Pour s'enfuir devers sa tanière.
Il s'en alla passer sur le bord d'un étang.
Grenouilles aussitôt de sauter dans les ondes;
Grenouilles de rentrer dans leurs grottes profondes.
Oh ! dit-il, j'en fais faire autant
Qu'on m'en fait faire ! ma présence
Effraie aussi les gens ! je mets l'alarme au camp !

Et d'où me vient cette vaillance ?
Comment ! des animaux qui tremblent devant moi !
        Je suis donc un foudre de guerre ?
Il n'est, je le vois bien, si poltron sur la terre
Qui ne puisse trouver un plus poltron que soi.

LE COQ ET LE RENARD.

Sur la branche d'un arbre était en sentinelle
    Un vieux coq adroit et matois.
Frère, dit un renard adoucissant sa voix,
    Nous ne sommes plus en querelle :
    Paix générale cette fois.
Je viens te l'annoncer ; descends que je t'embrasse.
    Ne me retarde point, de grâce ;
Je dois faire aujourd'hui vingt postes sans manquer.
    Les tiens et toi pouvez vaquer
    Sans nulle crainte à vos affaires ;
    Nous vous y servirons en frères.

Le Coq et le Renard.

Faites-en les feux dès ce soir :
Et cependant viens recevoir
Le baiser d'amour fraternelle.
Ami, reprit le coq, je ne pouvais jamais
Apprendre une plus douce et meilleure nouvelle
Que celle
De cette paix.
Et ce m'est une double joie
De la tenir de toi. Je vois deux lévriers
Qui, je m'assure, sont courriers
Que pour ce sujet on envoie.
Ils vont vite, et seront dans un moment à nous.
Je descends, nous pourrons nous entre-baiser tous.
Adieu, dit le renard, ma traite est longue à faire ;
Nous nous réjouirons du succès de l'affaire
Une autre fois. Le galant aussitôt

Tire ses grègues , gagne au haut,
Malcontent de son stratagème ;
Et notre vieux coq en soi-même
Se mit à rire de sa peur :
Car c'est double plaisir de tromper le trompeur.

Le Corbeau voulant imiter l'Aigle.

LE CORBEAU VOULANT IMITER L'AIGLE.

L'oiseau de Jupiter enlevait un mouton.
    Un corbeau, témoin de l'affaire,
Et plus faible de reins, mais non pas moins glouton ,
    En voulut sur l'heure autant faire.
    Il tourne à l'entour du troupeau,
Marque, entre cent moutons , le plus gras , le plus beau,
    Un vrai mouton de sacrifice :
On l'avait réservé pour la bouche des dieux.
Gaillard corbeau disait en le couvant des yeux :
    Je ne sais qui fut ta nourrice ;
Mais ton corps me paraît en merveilleux état :
    Tu me serviras de pâture.

Sur l'animal bélant à ces mots il s'abat.
    La moutonnière créature
Pesait plus qu'un fromage ; outre que sa toison
    Etait d'une épaisseur extrême ,
Et mêlée à peu près de la même façon
    Que la barbe de Polyphême.
Elle empêtra si bien les serres du corbeau ,
Que le pauvre animal ne put faire retraite.
Le berger vient, le prend, l'encage bien et beau ,
Le donne à ses enfans pour servir d'amusette.

Il faut se mesurer , la conséquence est nette.
Mal prend aux volereaux de faire les voleurs.
    L'exemple est un dangereux leurre.
Tous les mangeurs de gens ne sont pas grands seigneurs :
Où la guêpe a passé le moucheron demeure.

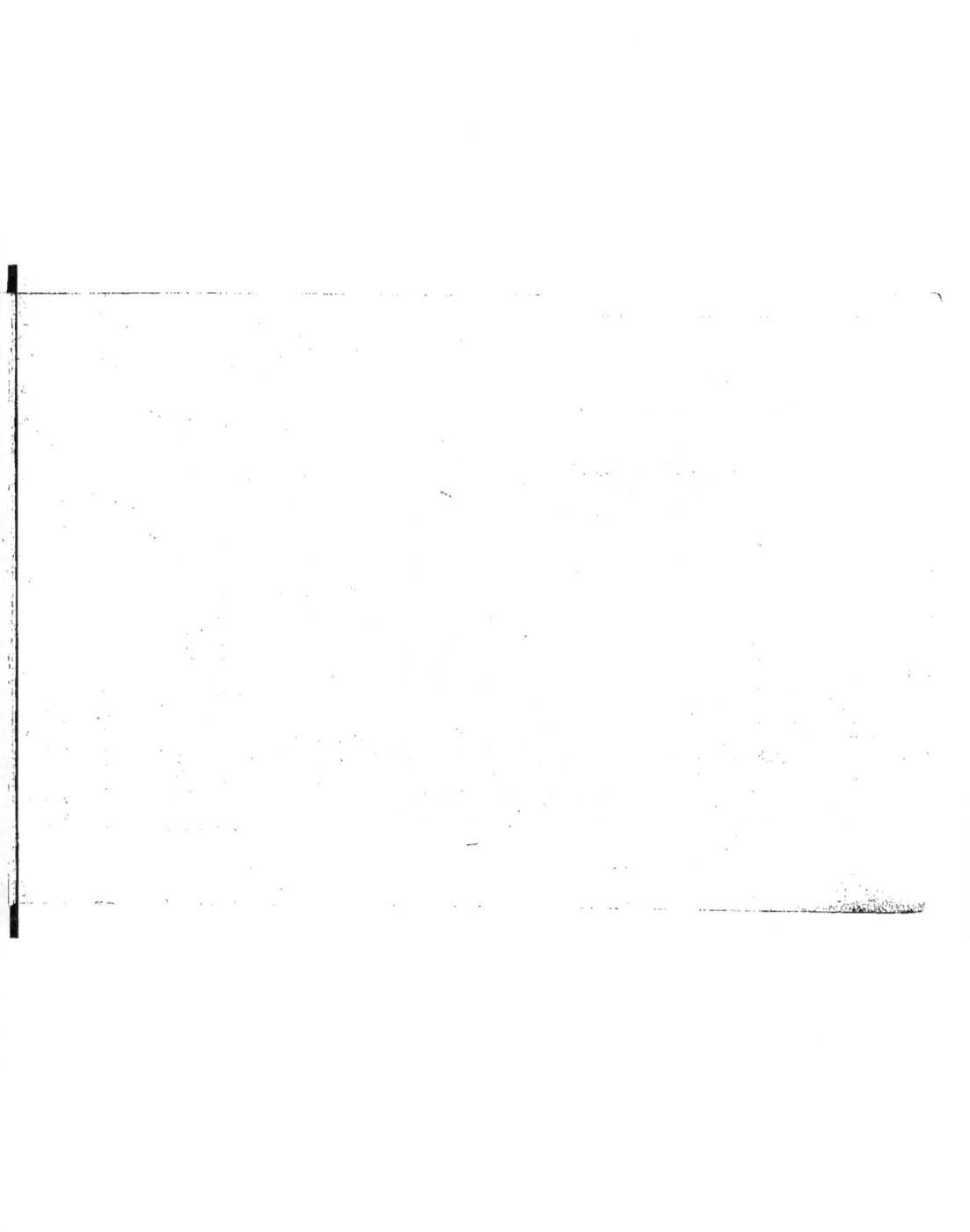

Le Paon se plaignant à Junon.

LE PAON SE PLAIGNANT A JUNON.

LE paon se plaignait à Junon.
Déesse, disait-il, ce n'est pas sans raison
     Que je me plains, que je murmure :
     Le chant dont vous m'avez fait don
     Déplaît à toute la nature :
Au lieu qu'un rossignol, chétive créature,
     Forme des sons aussi doux qu'éclatans,
     Est lui seul l'honneur du printemps.
     Junon répondit en colère :
     Oiseau jaloux, et qui devrais te taire,
Est-ce à toi d'envier la voix du rossignol,
Toi, que l'on voit porter à l'entour de ton col

Un arc-en-ciel nué de cent sortes de soies ,
    Qui te panades , qui déploies
Une si riche queue , et qui semble à nos yeux
    La boutique d'un lapidaire ?
    Est-il quelque oiseau sous les cieux
    Plus que toi capable de plaire?
Tout animal n'a pas toutes propriétés ;
 Nous vous avons donné diverses qualités :
Les uns ont la grandeur et la force en partage ;
Le faucon est léger , l'aigle plein de courage ;
    Le corbeau sert pour le présage ,
La corneille avertit des malheurs à venir.
    Tous sont contens de leur ramage.
Cesse donc de te plaindre , ou bien , pour te punir ,
    Je t'ôterai ton plumage.

La Chatte métamorphosée en Femme.

LA CHATTE MÉTAMORPHOSÉE EN FEMME.

Un homme chérissait éperdûment sa chatte ;
Il la trouvait mignonne, et belle, et délicate,
    Qui miaulait d'un ton fort doux :
    Il était plus fou que les fous.
Cet homme donc, par prières, par larmes,
    Par sortiléges et par charmes,
    Fait tant qu'il obtient du destin
    Que sa chatte, en un beau matin,
    Devient femme ; et le matin même
    Maître sot en fait sa moitié.
    Le voilà fou d'amour extrême,
    De fou qu'il était d'amitié.

9

Jamais la dame la plus belle
Ne charma tant son favori
Que fait cette épouse nouvelle
Son hypochondre de mari.
Il l'amadoue, elle le flatte :
Il n'y trouve plus rien de chatte ;
Et, poussant l'erreur jusqu'au bout,
La croit femme en tout et partout.
Lorsque quelques souris qui rongeaient de la natte
Troublèrent le plaisir des nouveaux mariés.
Aussitôt la femme est sur pieds :
Elle manqua son aventure.
Souris de revenir, femme d'être en posture.
Pour cette fois, elle accourut à point :
Car, ayant changé de figure,
Les souris ne la craignaient point.

　　Ce lui fut toujours une amorce ,
　　Tant le naturel a de force.
Il se moque de tout : certain âge accompli ,
Le vase est imbibé , l'étoffe a pris son pli.
　　En vain de son train ordinaire
　　On le veut désaccoutumer ;
　　Quelque chose qu'on puisse faire ,
　　On ne saurait le réformer.
　　Coups de fourches ni d'étrivières
　　Ne lui font changer de manières ;
　　Et fussiez-vous embâtonnés ,
　　Jamais vous n'en serez les maîtres.
　　Qu'on lui ferme la porte au nez ,
　　Il reviendra par les fenêtres.

·　LE MEUNIER, SON FILS ET L'ANE.

L'INVENTION des arts étant un droit d'aînesse,
Nous devons l'apologue à l'ancienne Grèce ;
Mais ce champ ne se peut tellement moissonner,
Que les derniers venus n'y trouvent à glaner.
La feinte est un pays plein de terres désertes.
Tous les jours nos auteurs y font des découvertes.
Je t'en veux dire un trait assez bien inventé ;
Autrefois à Racan Malherbe l'a conté.
Ces deux rivaux d'Horace, héritiers de sa lyre,
Disciples d'Apollon, nos maîtres, pour mieux dire,
Se rencontrant un jour tout seuls et sans témoins
(Comme ils se confiaient leurs pensers et leurs soins),

Racan commence ainsi : Dites-moi , je vous prie ,
Vous qui devez savoir les choses de la vie ,
Qui par tous ses degrés avez déjà passé ,
Et que rien ne doit fuir en cet âge avancé ,
A quoi me résoudrai-je ? il est temps que j'y pense.
Vous connaissez mon bien , mon talent , ma naissance.
Dois-je dans la province établir mon séjour?
Prendre emploi dans l'armée , ou bien charge à la cour ?
Tout au monde est mêlé d'amertume et de charmes :
La guerre a ses douceurs , l'hymen à ses alarmes.
Si je suivais mon goût , je saurais où buter ;
Mais j'ai les miens , la cour , le peuple à contenter.
Malherbe là-dessus : Contenter tout le monde !
Écoutez ce récit avant que je réponde.

J'ai lu dans quelque endroit qu'un meunier et son fils ,
L'un vieillard , l'autre enfant , non pas des plus petits ,

Mais garçon de quinze ans, si j'ai bonne mémoire,
Allaient vendre leur âne un certain jour de foire.
Afin qu'il fût plus frais et de meilleur débit,
On lui lia les pieds, on vous le suspendit :
Puis cet homme et son fils le portent comme un lustre.
Pauvres gens ! idiots ! couple ignorant et rustre !
Le premier qui les vit de rire s'éclata.
Quelle farce, dit-il, vont jouer ces gens-là ?
Le plus âne des trois n'est pas celui qu'on pense.
Le meunier, à ces mots, connaît son ignorance.
Il met sur pied sa bête, et la fait détaler.
L'âne, qui goûtait fort l'autre façon d'aller,
Se plaint en son patois. Le meunier n'en a cure.
Il fait monter son fils, il suit ; et d'aventure
Passent trois bons marchands. Cet objet leur déplut.
Le plus vieux au garçon s'écria tant qu'il put :

Oh là ! oh ! descendez, que l'on ne vous le dise,
Jeune homme qui menez laquais à barbe grise ;
C'était à vous de suivre, au vieillard de monter.
Messieurs, dit le meunier, il faut vous contenter.
L'enfant met pied à terre, et puis le vieillard monte.
Quand trois filles passant, l'une dit : C'est grand'honte
Qu'il faille voir ainsi clocher ce jeune fils,
Tandis que ce nigaud, comme un évêque assis,
Fait le veau sur son âne, et pense être bien sage.
Il n'est, dit le meunier, plus de veaux à mon âge ;
Passez votre chemin, la fille, et m'en croyez.
Après maints quolibets coup sur coup renvoyés,
L'homme crut avoir tort, et mit son fils en croupe.
Au bout de trente pas, une troisième troupe
Trouve encore à gloser. L'un dit : Ces gens sont fous !
Le baudet n'en peut plus, il mourra sous leurs coups.

Hé quoi, charger ainsi cette pauvre bourrique !
N'ont-ils point de pitié de leur vieux domestique ?
Sans doute qu'à la foire ils vont vendre sa peau.
Parbleu, dit le meunier, est bien fou du cerveau
Qui prétend contenter tout le monde et son père!
Essayons toutefois si par quelque manière
Nous en viendrons à bout. Ils descendent tous deux ;
L'âne, se prélassant, marche seul devant eux.
Un quidam les rencontre, et dit : Est-ce la mode
Que baudet aille à l'aise et meunier s'incommode ?
Qui de l'âne ou du maître est fait pour se lasser ?
Je conseille à ces gens de le faire enchâsser.
Ils usent leurs souliers et conservent leur âne !
Nicolas au rebours ; car , quand il va voir Jeanne ,
Il monte sur sa bête, et la chanson le dit.
Beau trio de baudets ! Le meunier repartit :

Je suis âne , il est vrai; j'en conviens , je l'avoue :
Mais que dorénavant on me blâme ou me loue ,
Qu'on dise quelque chose , ou qu'on ne dise rien ,
J'en veux faire à ma tête. Il le fit , et fit bien.

Quant à vous , suivez Mars , ou l'Amour , ou le Prince ,
Allez , venez , courez , demeurez en province ,
Prenez femme , abbaye , emploi , gouvernement ,
Les gens en parleront , n'en doutez nullement.

LES MEMBRES ET L'ESTOMAC.

JE devais par la royauté
Avoir commencé mon ouvrage :
A la voir d'un certain côté,
Messer Gaster en est l'image.
S'il a quelque besoin, tout le corps s'en ressent.
De travailler pour lui les membres se lassant,
Chacun d'eux résolut de vivre en gentilhomme,
Sans rien faire, alléguant l'exemple de Gaster.
Il faudrait, disaient-ils, sans nous qu'il vécût d'air.
Nous suons, nous peinons comme bêtes de somme :
Et pour qui? pour lui seul : nous n'en profitons pas ;
Notre soin n'aboutit qu'à fournir ses repas.
Chômons, c'est un métier qu'il veut nous faire apprendre.

Les Membres et l'Estomac.

Ainsi dit , ainsi fait. Les mains cessent de prendre ,
Les bras d'agir , les jambes de marcher.
Tous dirent à Gaster qu'il en allât chercher.
Ce leur fut une erreur dont ils se repentirent.
Bientôt les pauvres gens tombèrent en langueur :
Il ne se forma plus de nouveau sang au cœur :
Chaque membre en souffrit : les forces se perdirent :
　　Par ce moyen les mutins virent
Que celui qu'ils croyaient oisif et paresseux
A l'intérêt commun contribuait plus qu'eux.

Ceci peut s'appliquer à la grandeur royale.
Elle reçoit et donne, et la chose est égale.
Tout travaille pour elle , et réciproquement
　　Tout tire d'elle l'aliment.
Elle fait subsister l'artisan de ses peines ,

Enrichit le marchand , gage le magistrat ,
Maintient le laboureur , donne paie au soldat ,
Distribue en cent lieux ses grâces souveraines ,
    Entretient seule tout l'état.
    Ménénius le sut bien dire.

La commune s'allait séparer du sénat.
Les mécontens disaient qu'il avait tout l'empire ,
Le pouvoir , les trésors, l'honneur , la dignité ;
Au lieu que tout le mal était de leur côté ,
Les tributs , les impôts , les fatigues de guerre.
Le peuple hors des murs était déjà posté.
La plupart s'en allaient chercher une autre terre ,
    Quand Ménénius leur fit voir
    Qu'ils étaient aux membres semblables ;
Et par cet apologue , insigne entre les fables ,
    Les ramena dans leur devoir.

Les Grenouilles qui demandent un Roi.

LES GRENOUILLES QUI DEMANDENT UN ROI.

Les grenouilles se lassant
De l'état démocratique,
Par leurs clameurs firent tant,
Que Jupin les soumit au pouvoir monarchique.
Il leur tomba du ciel un roi tout pacifique.
Ce roi fit toutefois un tel bruit en tombant,
Que la gent marécageuse,
Gent fort sotte et fort peureuse,
S'alla cacher sous les eaux,
Dans les joncs, dans les roseaux,
Dans les trous du marécage,
Sans oser de long-temps regarder au visage

Celui qu'elles croyaient être un géant nouveau.
     Or c'était un soliveau ,
De qui la gravité fit peur à la première
     Qui , de le voir s'aventurant ,
     Osa bien quitter sa tannière.
     Elle approcha, mais en tremblant.
Une autre la suivit, une autre en fit autant ;
     Il en vint une fourmilière :
Et leur troupe à la fin se rendit familière
     Jusqu'à sauter sur l'épaule du roi.
Le bon sire le souffre, et se tient toujours coi.
Jupin en a bientôt la cervelle rompue.
Donnez-nous, dit ce peuple, un roi qui se remue.
Le monarque des dieux leur envoie une grue
       Qui les croque , qui les tue,
       Qui les gobe à son plaisir :

Et grenouilles de se plaindre ;
Et Jupin de leur dire : Hé quoi ! votre désir
A ses lois croit-il nous astreindre ?
Vous avez dû premièrement
Garder votre gouvernement :
Mais , ne l'ayant pas fait , il vous devait suffire
Que votre premier roi fût débonnaire et doux,
De celui-ci contentez-vous ,
De peur d'en rencontrer un pire.

LE RENARD ET LE BOUC.

CAPITAINE renard allait de compagnie
Avec son ami bouc, des plus haut encornés.
Celui-ci ne voyait pas plus loin que son nez.
L'autre était passé maître en fait de tromperie.
La soif les obligea de descendre en un puits.
     Là chacun d'eux se désaltère.
Après qu'abondamment tous deux en eurent pris,
Le renard dit au bouc : Que ferons-nous, compère ?
Ce n'est pas tout de boire, il faut sortir d'ici.
Lève tes pieds en haut, et tes cornes aussi :
Mets-les contre le mur. Le long de ton échine
     Je grimperai premièrement ;

Le Renard et le Bouc.

Puis sur tes cornes m'élevant,
A l'aide de cette machine
De ce lieu-ci je sortirai,
Après quoi je t'en tirerai.
Par ma barbe, dit l'autre, il est bon; et je loue
Les gens bien sensés comme toi :
Je n'aurais jamais, quant à moi,
Trouvé ce secret, je l'avoue.
Le renard sort du puits, laisse son compagnon,
Et vous lui fait un beau sermon
Pour l'exhorter à patience.
Si le ciel t'eût, dit-il, donné par excellence
Autant de jugement que de barbe au menton,
Tu n'aurais pas à la légère
Descendu dans ce puits. Or, adieu, j'en suis hors :

11

Tâche de t'en tirer et fais tous tes efforts :
Car, pour moi, j'ai certaine affaire
Qui ne me permet pas d'arrêter en chemin.

En toute chose il faut considérer la fin.

L'IVROGNE ET SA FEMME.

CHACUN a son défaut où toujours il revient;
    Honte ni peur n'y remédie.
  Sur ce propos d'un conte il me souvient :
    Je ne dis rien que je n'appuie
  De quelque exemple. Un suppôt de Bacchus
Altérait sa santé , son esprit et sa bourse.
Telles gens n'ont pas fait la moitié de leur course ,
    Qu'ils sont au bout de leurs écus.
Un jour que celui-ci, plein du jus de la treille ,
Avait laissé ses sens au fond d'une bouteille ,
Sa femme l'enferma dans un certain tombeau.
    Là les vapeurs du vin nouveau

Cuvèrent à loisir. A son réveil il treuve
L'attirail de la mort à l'entour de son corps,
　　Un luminaire , un drap des morts.
Oh ! dit–il , qu'est ceci ? ma femme est–elle veuve ?
Là–dessus son épouse, en habit d'Alecton,
Masquée , et de sa voix contrefaisant le ton ,
Vient au prétendu mort , approche de sa bière ,
Lui présente un chaudeau propre pour Lucifer.
L'époux alors ne doute en aucune manière
　　Qu'il ne soit citoyen d'enfer.
Quelle personne est–tu ? dit–il à ce fantôme.
　　La cellérière du royaume
De Satan , reprit–elle ; et je porte à manger
　　A ceux qu'enclôt la tombe noire.
　　Le mari repart sans songer :
　　Tu ne leur portes point à boire ?

Le Loup et la Cigogne.

LE LOUP ET LA CIGOGNE.

Les loups mangent gloutonnement.
Un loup donc étant de frairie ,
Se pressa ,dit-on, tellement,
Qu'il en pensa perdre la vie.
Un os lui demeura bien avant au gosier.
De bonheur pour ce loup, qui ne pouvait crier,
Près de là passe une cigogne.
Il lui fait signe , elle accourt.
Voilà l'opératrice aussitôt en besogne.
Elle retira l'os : puis, pour un si bon tour,
Elle demanda son salaire.
Votre salaire ? dit le loup ,

Vous riez , ma bonne commère !
Quoi ! ce n'est pas encor beaucoup
D'avoir de mon gosier retiré votre cou ?
Allez , vous êtes une ingrate :
Ne tombez jamais sous ma patte.

Le Renard et les Raisins.

LE RENARD ET LES RAISINS.

Certain renard gascon, d'autres disent normand,
Mourant presque de faim, vit au haut d'une treille
    Des raisins mûrs apparemment,
    Et couverts d'une peau vermeille.
Le galant en eût fait volontiers un repas :
    Mais comme il n'y pouvait atteindre :
Ils sont trop verts, dit-il, et bons pour des goujats.

    Fit-il pas mieux que de se plaindre?

LES LOUPS ET LES BREBIS.

Après mille ans et plus de guerre déclarée,
Les loups firent la paix avecque les brebis.
C'était apparemment le bien des deux partis;
Car si les loups mangeaient mainte bête égarée,
Les bergers de leurs peaux se faisaient maints habits.
Jamais de liberté, ni pour les pâturages,
    Ni d'autre part pour les carnages.
Ils ne pouvaient jouir qu'en tremblant de leurs biens.
La paix se conclut donc : on donne des otages;
Les loups leurs louveteaux, et les brebis leurs chiens.
L'échange en étant fait aux formes ordinaires,
    Et réglé par des commissaires,
Au bout de quelque temps que messieurs les louvats

Les Loups et les Brebis.

Se virent loups parfaits, et friands de tuerie,
Ils vous prennent le temps que dans la bergerie
 Messieurs les bergers n'étaient pas,
Étranglent la moitié des agneaux les plus gras,
Les emportent aux dents, dans les bois se retirent.
Ils avaient averti leurs gens secrètement.
Les chiens, qui, sur leur foi, reposaient sûrement,
 Furent étranglés en dormant.
Cela fut sitôt fait, qu'à peine ils le sentirent.
Tout fut mis en morceaux, un seul n'en échappa.

 Nous pouvons conclure de là
Qu'il faut faire aux méchans guerre continuelle.
 La paix est fort bonne de soi,
 J'en conviens ; mais de quoi sert-elle
 Avec des ennemis sans foi ?

12

LE LION DEVENU VIEUX.

Le lion, terreur des forêts,
Chargé d'ans, et pleurant son antique prouesse,
Fut enfin attaqué par ses propres sujets,
      Devenus forts par sa faiblesse.
Le cheval, s'approchant, lui donne un coup de pied,
Le loup un coup de dent, le bœuf un coup de corne.
Le malheureux lion, languissant, triste et morne,
Peut à peine rugir, par l'âge estropié.
Il attend son destin sans faire aucunes plaintes,
Quand voyant l'âne même à son antre accourir :
Ah! c'est trop, lui dit-il : je voulais bien mourir ;
Mais c'est mourir deux fois que souffrir tes atteintes.

Le Lion devenu vieux.

LA FEMME NOYÉE.

Je ne suis pas de ceux qui disent : Ce n'est rien,
    C'est une femme qui se noie.
Je dis que c'est beaucoup; et ce sexe vaut bien
Que nous le regrettions, puisqu'il fait notre joie.
Ce que j'avance ici n'est point hors de propos,
    Puisqu'il s'agit, en cette fable,
    D'une femme qui dans les flots
Avait fini ses jours par un sort déplorable.
    Son époux en cherchait le corps,
    Pour lui rendre, en cette aventure,
    Les honneurs de la sépulture.
    Il arriva que sur les bords

Du fleuve auteur de sa disgrâce
Des gens se promenaient, ignorant l'accident.
Ce mari donc leur demandant
S'ils n'avaient de sa femme aperçu nulle trace :
Nulle, reprit l'un d'eux ; mais cherchez-la plus bas,
Suivez le fil de la rivière.
Un autre repartit : Non, ne le suivez pas,
Rebroussez plutôt en arrière ;
Quelle que soit la pente et l'inclination
Dont l'eau par sa course l'emporte,
L'esprit de contradiction
L'aura fait flotter d'autre sorte.

Cet homme se raillait assez hors de saison.
Quant à l'humeur contredisante,
Je ne sais s'il avait raison;

Mais que cette humeur soit ou non
Le défaut du sexe et sa pente ,
Quiconque avec elle naîtra
Sans faute avec elle mourra ,
Et jusqu'au bout contredira ,
Et, s'il peut, encor par-delà.

LE LION AMOUREUX.

Sévigné, de qui les attraits
Servent aux Grâces de modèle,
Et qui naquîtes toute belle,
A votre indifférence près,
Pourriez-vous être favorable
Aux jeux innocens d'une fable,
Et voir sans vous épouvanter
Un lion qu'Amour sut dompter?

Le Lion amoureux.

Amour est un étrange maître.
Heureux qui peut ne le connaître
Que par récit, lui ni ses coups !
Quand on en parle devant vous,
Si la vérité vous offense,
La fable au moins se peut souffrir :
Celle-ci prend bien l'assurance
De venir à vos pieds s'offrir
Par zèle et par reconnaissance.

Du temps que les bêtes parlaient,
Les lions entre autres voulaient
Être admis dans notre alliance.
Pourquoi non ? puisque leur engeance
Valait la nôtre en ce temps-là,
Ayant courage, intelligence,

Et belle hure outre cela.
Voici comment il en alla :

Un lion de haut parentage ,
En passant par un certain pré ,
Rencontra bergère à son gré.
Il la demande en mariage.
Le père aurait fort souhaité
Quelque gendre un peu moins t errible.
La donner lui semblait bien dur ;
La refuser n'était pas sûr :
Même un refus eût fait possible
Qu'on eût vu quelque beau matin
Un mariage clandestin.
Car, outre qu'en toute manière
La belle était pour les gens fiers ,

Fille se coiffe volontiers
D'amoureux à longue crinière.
Le père donc, ouvertement
N'osant renvoyer notre amant,
Lui dit : Ma fille est délicate ;
Vos griffes la pourront blesser
Quand vous voudrez la caresser.
Permettez donc qu'à chaque patte
On vous les rogne, et pour les dents,
Qu'on vous les lime en même temps :
Vos baisers en seront moins rudes,
Et pour vous plus délicieux ;
Car ma fille y répondra mieux,
Étant sans ces inquiétudes.
Le lion consent à cela,
Tant son âme était aveuglée.

13

Sans dents ni griffes le voilà
Comme place démantelée.
On lâcha sur lui quelques chiens :
Il fit fort peu de résistance.

Amour, Amour, quand tu nous tiens ,
On peut bien dire : Adieu prudence.

La Mouche et la Fourmi.

LA MOUCHE ET LA FOURMI.

La mouche et la fourmi contestaient de leur prix.
    O Jupiter, dit la première ,
Faut-il que l'amour-propre aveugle les esprits
    D'une si terrible manière ,
    Qu'un vil et rampant animal
A la fille de l'air ose se dire égal !
Je hante les palais, je m'assieds à ta table :
Si l'on t'immole un bœuf, j'en goûte devant toi ;
Pendant que celle-ci, chétive et misérable ,
Vit trois jours d'un fétu qu'elle a traîné chez soi.
    Mais, ma mignonne, dites-moi ,
Vous campez-vous jamais sur la tête d'un roi,

D'un empereur ou d'une belle?
Je le fais, et je baise un beau sein quand je veux :
        Je me joue entre des cheveux;
Je rehausse d'un teint la blancheur naturelle;
Et la dernière main que met à sa beauté.
        Une femme allant en conquête ,
C'est un ajustement des mouches emprunté.
        Puis, allez-moi rompre la tête
        De vos greniers. Avez-vous dit ?
        Lui répliqua la ménagère.
Vous hantez les palais, mais on vous y maudit.
        Et quant à goûter la première
        De ce qu'on sert devant les dieux,
        Croyez-vous qu'il en vaille mieux ?
Si vous entrez partout, aussi font les profanes.
Sur la tête des rois et sur celle des ânes

Vous allez vous planter : je n'en disconviens pas;
    Et je sais que d'un prompt trépas
Cette importunité bien souvent est punie.
Certain ajustement, dites-vous, rend jolie;
J'en conviens : il est noir ainsi que vous et moi.
Je veux qu'il ait nom mouche : est-ce un sujet pourquoi
    Vous fassiez sonner vos mérites?
Nomme-t-on pas aussi mouches les parasites ?
Cessez donc de tenir un langage si vain :
    N'ayez plus ces hautes pensées.
    Les mouches de cour sont chassées ;
Les mouchards sont pendus; et vous mourrez de faim,
    De froid, de langueur, de misère,
    Quand Phébus régnera sur un autre hémisphère.
Alors je jouirai du fruit de mes travaux.
    Je n'irai par monts ni par vaux

M'exposer au vent, à la pluie ;
Je vivrai sans mélancolie :
Le soin que j'aurai pris de soins m'exemptera.
Je vous enseignerai par là
Ce que c'est qu'une fausse ou véritable gloire.
Adieu : je perds le temps ; laissez-moi travailler :
Ni mon grenier, ni mon armoire
Ne ne se remplit à babiller.

L'Âne et le petit Chien.

L'ANE ET LE PETIT CHIEN.

N e forçons point notre talent,
Nous ne ferions rien avec grâce;
Jamais un lourdaud, quoi qu'il fasse,
Ne saurait passer pour galant.
Peu de gens que le ciel chérit et gratifie
Ont le don d'agréer infus avec la vie.
C'est un point qu'il leur faut laisser,
Et ne pas ressembler à l'âne de la fable,
Qui, pour se rendre plus aimable
Et plus cher à son maître, alla le caresser.
Comment, disait-il en son âme,
Ce chien, parce qu'il est mignon,
Vivra de pair à compagnon

Avec monsieur, avec madame,
Et j'aurai des coups de bâton !
Que fait-il ? il donne la patte ,
Puis aussitôt il est baisé :
S'il en faut faire autant afin que l'on me flatte,
Cela n'est pas bien malaisé.
Dans cette admirable pensée ,
Voyant son maître en joie, il s'en vient lourdement,
Lève une corne tout usée ,
La lui porte au menton fort amoureusement,
Non sans accompagner, pour plus grand ornement,
De son chant gracieux cette action hardie.
Oh ! oh ! quelle caresse ! et quelle mélodie !
Dit le maître aussitôt. Holà, martin-bâton !
Martin-bâton accourt : l'âne change de ton,
Ainsi finit la comédie,

Le Geai paré des plumes du Paon.

LE GEAI PARÉ DES PLUMES DU PAON.

Un paon muait : un geai prit son plumage,
    Puis après se l'accommoda,
Puis parmi d'autres paons tout fier se panada,
    Croyant être un beau personnage.
Quelqu'un le reconnut : il se vit bafoué,
    Berné, sifflé, moqué, joué,
Et par messieurs les paons plumé d'étrange sorte :
Même vers ses pareils s'étant réfugié,
    Il fut par eux mis à la porte.

Il est assez de geais à deux pieds comme lui,

14

Qui se parent souvent des dépouilles d'autrui ,
Et que l'on nomme plagiaires.
Je m'en tais et ne veux leur causer nul ennui :
Ce ne sont pas là mes affaires.

LE CHAMEAU ET LES BATONS FLOTTANS.

Le premier qui vit un chameau
S'enfuit à cet objet nouveau.
Le second approcha : le troisième osa faire
Un licou pour le dromadaire.
L'accoutumance ainsi nous rend tout familier.
Ce qui nous paraissait terrible et singulier
S'apprivoise avec notre vue,
Quand ce vient à la continue.
Et puisque nous voici tombés sur ce sujet :
On avait mis des gens au guet,
Qui, voyant sur les eaux de loin certain objet,

Ne purent s'empêcher de dire
Que c'était un puissant navire.
Quelques momens après, l'objet devint brûlot
Et puis nacelle, et puis ballot ;
Enfin bâtons flottans sur l'onde .

J'en sais beaucoup de par le monde
A qui ceci conviendrait bien :
De loin c'est quelque chose , et de près ce n'est rien.

Le Loup, la Mère et l'Enfant.

LE LOUP, LA MÈRE ET L'ENFANT.

Ce loup me remet en mémoire
Un de ses compagnons qui fut encor mieux pris.
   Il y périt. Voici l'histoire.

Un villageois avait à l'écart son logis.
Messer loup attendait chape-chute à la porte :
Il avait vu sortir gibier de toute sorte,
   Veaux de lait, agneaux et brebis,
Régiment de dindons, enfin bonne provende.
Le larron commençait pourtant à s'ennuyer.
   Il entend un enfant crier.
   La mère aussitôt le gourmande, .

Le menace , s'il ne se taît ,
De le donner au loup. L'animal se tient prêt ,
Remerciant les dieux d'une telle aventure ;
Quand la mère , apaisant sa chère géniture ,
Lui dit : Ne criez point ; s'il vient, nous le tûrons.
Qu'est ceci ? s'écria le mangeur de moutons.
Dire d'un , puis d'un autre ? Est-ce ainsi que l'on traite
Les gens faits comme moi ? Me prend-on pour un sot ?
    Que quelque jour ce beau marmot
    Vienne au bois cueillir la noisette....
Comme il disait ces mots , on sort de la maison :
Un chien de cour l'arrête : épieux et fourches fières
    L'ajustent de toutes manières.
Que veniez-vous chercher en ce lieu ? lui dit-on.
    Aussitôt il conta l'affaire.
    Merci de moi ! lui dit la mère ;

Tu mangeras mon fils ! L'ai-je fait à dessein
   Qu'il assouvisse un jour ta faim ?
   On assomma la pauvre bête.
Un manant lui coupa le pied droit et la tête :
Le seigneur du village à sa porte les mit,
Et ce dicton picard alentour fut écrit :

     BIAUX CHIRES LEUPS N'ÉCOUTEZ MIE
     MÈRE TENCHENT CHEN FIEUX QUI CRIE.

PAROLE DE SOCRATE.

Socrate un jour faisant bâtir,
  Chacun censurait son ouvrage.
L'un trouvait les dedans, pour ne lui point mentir,
  Indignes d'un tel personnage.
L'autre blâmait la face ; et tous étaient d'avis
Que les appartemens en étaient trop petits.
Quelle maison pour lui ! l'on y tournait à peine.
  Plût au ciel que de vrais amis,
Telle qu'elle est, dit-il, elle pût être pleine !

  Le bon Socrate avait raison

De trouver pour ceux-là trop grande sa maison.
Chacun se dit ami ; mais fou qui s'y repose.
    Rien n'est plus commun que ce nom ,
    Rien n'est plus rare que la chose.

LE VIEILLARD ET SES ENFANS.

Toute puissance est faible, à moins que d'être unie.
Écoutez là-dessus l'esclave de Phrygie.
Si j'ajoute du mien à son invention,
C'est pour peindre nos mœurs, et non point par envie ;
Je suis trop au-dessous de cette ambition.
Phèdre enchérit souvent par un motif de gloire :
Pour moi, de tels pensers me seraient malséans.
Mais venons à la fable, ou plutôt à l'histoire
De celui qui tâcha d'unir tous ses enfans.

Un vieillard près d'aller où la mort l'appelait,
Mes chers enfans, dit-il (à ses fils il parlait),

Le Vieillard et ses Enfans.

Voyez si vous romprez ces dards liés ensemble :
Je vous expliquerai le nœud qui les assemble.
L'aîné les ayant pris, et fait tous ses efforts,
Les rendit en disant : Je le donne aux plus forts.
Un second lui succède, et se met en posture ;
Mais en vain. Un cadet tente aussi l'aventure.
Tous perdirent leur temps, le faisceau résista :
De ces dards joints ensemble un seul ne s'éclata.
Faibles gens, dit le père, il faut que je vous montre
Ce que ma force peut en semblable rencontre.
On crut qu'il se moquait, on sourit, mais à tort.
Il sépare les dards, et les rompt sans effort.
Vous voyez, reprit-il, l'effet de la concorde.
Soyez joints, mes enfans, que l'amour vous accorde.
Tant que dura son mal il n'eut autre discours.
Enfin, se sentant près de terminer ses jours,

Mes chers enfans, dit-il, je vais où sont nos pères :
Adieu, promettez-moi de vivre comme frères ;
Que j'obtienne de vous cette grâce en mourant.
Chacun de ses trois fils l'en assure en pleurant.
Il prend à tous les mains : il meurt; et les trois frères
Trouvent un bien fort grand, mais fort mêlé d'affaires.
Un créancier saisit, un voisin fait procès :
D'abord notre trio s'en tire avec succès.
Leur amitié fut courte autant qu'elle était rare.
Le sang les avait joints, l'intérêt les sépare.
L'ambition, l'envie, avec les consultans,
Dans la succession entrent en même temps.
On en vient au partage, on conteste, on chicane :
Le juge sur cent points tour à tour les condamne.
Créanciers et voisins reviennent aussitôt,
Ceux-là sur une erreur, ceux-ci sur un défaut.

Les frères désunis sont tous d'avis contraire :
L'un veut s'accommoder, l'autre n'en veut rien faire.
Tous perdirent leur bien, et voulurent trop tard
Profiter de ces dards unis, et pris à part.

L'AVARE QUI A PERDU SON TRÉSOR.

L'usage seulement fait la possession.
Je demande à ces gens de qui la passion
Est d'entasser toujours, mettre somme sur somme,
Quel avantage ils ont que n'ait pas un autre homme?
Diogène là-bas est aussi riche qu'eux,
Et l'avare ici-haut, comme lui, vit en gueux.
L'homme au trésor caché qu'Ésope nous propose
    Servira d'exemple à la chose.

    Ce malheureux attendait
Pour jouir de son bien une seconde vie ;
Ne possédait pas l'or, mais l'or le possédait.
Il avait dans la terre une somme enfouie ,

Son cœur avec, n'ayant autre déduit
    Que d'y ruminer jour et nuit,
Et rendre sa chevance à lui-même sacrée.
Qu'il allât ou qu'il vînt, qu'il bût ou qu'il mangeât,
On l'eût pris de bien court à moins qu'il ne songeât
A l'endroit où gisait cette somme enterrée.
Il y fit tant de tours, qu'un fossoyeur le vit,
Se douta du dépôt, l'enleva sans rien dire.
Notre avare, un beau jour, ne trouva que le nid.
Voilà mon homme aux pleurs : il gémit, il soupire,
    Il se tourmente, il se déchire.
Un passant lui demande à quel sujet ces cris.
    C'est mon trésor que l'on m'a pris.
Votre trésor ? où pris ? Tout joignant cette pierre.
    Eh ! sommes-nous en temps de guerre
Pour l'apporter si loin ? n'eussiez-vous pas mieux fait

De le laisser chez vous en votre cabinet,
    Que de le changer de demeure ?
Vous auriez pu sans peine y puiser à toute heure.
A toute heure, bon dieu ! ne tient-il qu'à cela ?
    L'argent vient-il comme il s'en va ?
Je n'y touchais jamais. Dites-moi donc, de grâce,
Reprit l'autre, pourquoi vous vous affligez tant.
Puisque vous ne touchiez jamais à cet argent,
    Mettez une pierre à la place,
    Elle vous vaudra tout autant.

33

L'Œil du Maître.

L'OEIL DU MAITRE.

Un cerf s'étant sauvé dans une étable à bœufs,
  Fut d'abord averti par eux
  Qu'il cherchât un meilleur asile.
Mes frères, leur dit-il, ne me décélez pas,
Je vous enseignerai les pâtis les plus gras :
Ce service vous peut quelque jour être utile,
  Et vous n'en aurez point regret.
Les bœufs à toute fin promirent le secret.
Il se cache en un coin, respire et prend courage.
Sur le soir, on apporte herbe fraîche et fourrage,
  Comme l'on faisait tous les jours.
  L'on va, l'on vient, les valets font cent tours ;

16

L'intendant même ; et pas un d'aventure
      N'aperçut ni cor, ni ramure,
      Ni cerf enfin. L'habitant des forêts
Rend déjà grâce aux bœufs, attend dans cette étable
Que, chacun retournant au travail de Cérès,
Il trouve pour sortir un moment favorable.
L'un des bœufs ruminant, lui dit : Cela va bien ;
Mais quoi ! l'homme aux cent yeux n'a pas fait sa revue :
      Je crains fort pour toi sa venue.
Jusque là, pauvre cerf, ne te vante de rien.
Là-dessus le maître entre et vient faire sa ronde.
      Qu'est-ce ci ? dit-il à son monde,
Je trouve bien peu d'herbe en tous ces râteliers.
Cette litière est vieille ; allez vite aux greniers.
Je veux voir désormais vos bêtes mieux soignées.
Que coûte-t-il d'ôter toutes ces araignées ?

Ne saurait-on ranger ces jougs et ces colliers?
En regardant à tout, il voit une autre tête
Que celles qu'il voyait d'ordinaire en ce lieu.
Le cerf est reconnu : chacun prend un épieu ;
  Chacun donne un coup à la bête.
Ses larmes ne sauraient la sauver du trépas.
On l'emporte, on la sale, on en fait maints repas,
  Dont maint voisin s'éjouit d'être.

Phèdre sur ce sujet, dit fort élégamment :
  Il n'est pour voir que l'œil du maître.
Quant à moi, j'y mettrais encor l'œil de l'amant.

L'ALOUETTE ET SES PETITS,

AVEC LE MAÎTRE D'UN CHAMP.

Ne t'attends qu'à toi seul, c'est un commun proverbe.
    Voici comme Ésope le mit
        En crédit.

    Les alouettes font leur nid
    Dans les blés , quand ils sont en herbe ,
    C'est-à-dire environ le temps
Que tout aime et que tout pullule dans le monde ;
    Monstres marins au fond de l'onde,
Tigres dans les forêts, alouettes aux champs.
    Une pourtant de ces dernières

34

L'Alouette et ses petits, avec le Maître d'un Champ.

Avait laissé passer la moitié d'un printemps
Sans goûter les plaisirs des amours printanières.
A toute force enfin elle se résolut
D'imiter la nature et d'être mère encore.
Elle bâtit un nid, pond, couve, et fait éclore
A la hâte : le tout alla du mieux qu'il put.
Les blés d'alentour mûrs, avant que la nitée
     Se trouvât assez forte encor
     Pour voler et prendre l'essor,
De mille soins divers l'alouette agitée
S'en va chercher pâture, avertit ses enfans
D'être toujours au guet et faire sentinelle.
     Si le possesseur de ces champs
Vient avecque son fils, comme il viendra, dit-elle,
    Écoutez-bien : selon ce qu'il dira,
     Chacun de nous décampera.

Sitôt que l'alouette eut quitté sa famille,
Le possesseur du champ vient avecque son fils.
Ces blés sont mûrs, dit-il, allez chez nos amis
Les prier que chacun, apportant sa faucille,
Nous vienne aider demain dès la pointe du jour.
      Notre alouette de retour
      Trouve en alarme sa couvée.
L'un commence : Il a dit que, l'aurore levée,
L'on fît venir demain ses amis pour l'aider.
S'il n'a dit que cela, repartit l'alouette,
Rien ne nous presse encor de changer de retraite ;
Mais c'est demain qu'il faut tout de bon écouter.
Cependant soyez gais : voilà de quoi manger.
Eux repus, tout s'endort, les petits et la mère.
L'aube du jour arrive, et d'amis point du tout.
L'alouette à l'essor, le maître s'en vient faire

Sa ronde, ainsi qu'à l'ordinaire.
Ces blés ne devraient pas, dit-il, être debout.
Nos amis ont grand tort, et tort qui se repose
Sur de tels paresseux à servir ainsi lents.
     Mon fils, allez chez nos parens
     Les prier de la même chose.
L'épouvante est au nid plus forte que jamais.
Il a dit ses parens, mère ! c'est à cette heure....
     Non, mes enfans, dormez en paix :
     Ne bougeons de notre demeure.
L'alouette eut raison, car personne ne vint.
Pour la troisième fois le maître se souvint
De visiter ses blés. Notre erreur est extrême ,
Dit-il, de nous attendre à d'autre gens que nous ;
Il n'est meilleur ami ni parens que soi-même.
Retenez bien cela, mon fils ; et savez-vous

Ce qu'il faut faire ? Il faut qu'avec notre famille
Nous prenions dès demain chacun une faucille ;
C'est là notre plus court ; et nous acheverons
  Notre moisson quand nous pourrons.
Dès lors que ce dessein fut su de l'alouette :
C'est ce coup qu'il est bon de partir, mes enfans,
  Et les petits en même temps
  Voletans, se culebutans,
  Délogèrent tous sans trompette.

Le Pot de terre et le Pot de fer.

LE POT DE TERRE ET LE POT DE FER.

Le pot de fer proposa
Au pot de terre un voyage.
Celui-ci s'en excusa,
Disant qu'il ferait que sage
De garder le coin du feu ;
Car il lui fallait si peu,
Si peu, que la moindre chose
De son débris serait cause :
Il n'en reviendrait morceau.
Pour vous, dit-il, dont la peau

17

Est plus dure que la mienne ,
Je ne vois rien qui vous tienne.
Nous vous mettrons à couvert ,
Répartit le pot de fer :
Si quelque matière dure
Vous menace d'aventure ,
Entre deux je passerai ,
Et du coup vous sauverai.
Cette offre le persuade.
Pot de fer son camarade
Se met droit à ses côtés.
Mes gens s'en vont à trois piés ,
Clopin clopant comme ils peuvent ,
L'un contre l'autre jetés
Au moindre hoquet qu'ils treuvent.

Le pot de terre en souffre : il n'eut pas fait cent pas
Que par son compagnon il fut mis en éclats,
    Sans qu'il eût lieu de se plaindre.

Ne nous associons qu'avecque nos égaux :
    Ou bien il nous faudra craindre
    Le destin d'un de ces pots.

LE PETIT POISSON ET LE PÊCHEUR.

Petit poisson deviendra grand,
    Pourvu que Dieu lui prête vie :
    Mais le lâcher en attendant,
    Je tiens pour moi que c'est folie;
Car de le rattraper il n'est pas trop certain.

Un carpeau qui n'était encore que fretin
Fut pris par un pêcheur au bord d'une rivière :
Tout fait nombre, dit l'homme en voyant son butin;
Voilà commencement de chère et de festin :
        Mettons-le en notre gibecière.
Le pauvre carpillon lui dit en sa manière :

Le petit Poisson et le Pêcheur.

Que ferez-vous de moi ? je ne saurais fournir
  Au plus qu'une demi-bouchée :
  Laissez-moi carpe devenir ;
  Je serai par vous repêchée ;
Quelque gros partisan m'achètera bien cher :
  Au lieu qu'il vous en faut chercher
  Peut-être encor cent de ma taille
Pour faire un plat : quel plat ! croyez-moi, rien qui vaille.
Rien qui vaille ! eh bien ! soit, répartit le pêcheur
Poisson, mon bel ami, qui faites le prêcheur,
Vous irez dans la poêle ; et vous avez beau dire,
  Dès ce soir on vous fera frire.

Un TIENS vaut, ce dit-on, mieux que deux TU L'AURAS;
  L'un est sûr, l'autre ne l'est pas.

LE RENARD QUI A LA QUEUE COUPÉE.

Un vieux renard, mais des plus fins,
Grand croqueur de poulets, grand preneur de lapins,
Sentant son renard d'une lieue ,
Fut enfin au piége attrapé.
Par grand hasard en étant échappé,
Non pas franc, car pour gage il y laissa sa queue,
S'étant , dis-je, sauvé sans queue et tout honteux ;
Pour avoir des pareils (comme il était habile),
Un jour que les renards tenaient conseil entre eux,
Que faisons-nous, dit-il, de ce poids inutile,
Et qui va balayant tous les sentiers fangeux ?
Que nous sert cette queue ? Il faut qu'on se la coupe ;

Le Renard qui a la queue coupée.

Si l'on me croit, chacun s'y résoudra.
Votre avis est fort bon, dit quelqu'un de la troupe;
Mais tournez-vous, de grâce, et l'on vous répondra.
A ces mots il se fit une telle huée,
Que le pauvre écourté ne put être entendu.
Prétendre ôter la queue eût été temps perdu :
    La mode en fut continuée.

LA VIEILLE ET LES DEUX SERVANTES.

Il était une vieille ayant deux chambrières.
Elles filaient si bien, que les sœurs filandières
Ne faisaient que brouiller au prix de celles-ci.
La vieille n'avait point de plus pressant souci
Que de distribuer aux servantes leur tâche :
Dès que Téthys chassait Phébus aux crins dorés,
Tourets entraient en jeu, fuseaux étaient tirés,
    Deçà, delà, vous en aurez :
    Point de cesse, point de relâche.
Dès que l'Aurore, dis-je, en son char remontait,
Un misérable coq à point nommé chantait :
Aussitôt notre vieille, encor plus misérable,

La Vieille et les deux Servantes.

S'affublait d'un jupon crasseux et détestable,
Allumait une lampe et courait droit au lit
Où de tout leur pouvoir, de tout leur appétit,
    Dormaient les deux pauvres servantes.
L'une entr'ouvrait un œil, l'autre étendait un bras;
    Et toutes deux, très-malcontentes,
Disaient entre leurs dents : Maudit coq, tu mourras.
Comme elles l'avaient dit, la bête fut grippée.
Le réveille-matin eut la gorge coupée.
Ce meurtre n'amenda nullement leur marché.
Notre couple, au contraire, à peine était couché,
Que la vieille, craignant de laisser passer l'heure,
Courait comme un lutin par toute sa demeure.

    C'est ainsi que le plus souvent,
Quand on pense sortir d'une mauvaise affaire,

On s'enfonce encor plus avant :
Témoin ce couple et son salaire.
La vieille, au lieu du coq, les fit tomber par là
De Carybde en Scylla.

Le Satyre et le Passant.

LE SATYRE ET LE PASSANT.

Au fond d'un antre sauvage
Un satyre et ses enfans
Allaient manger leur potage
Et prendre l'écuelle aux dents.

On les eût vus sur la mousse,
Lui, sa femme et maint petit :
Ils n'avaient ni tapis ni housse,
Mais tous fort bon appétit.

Pour se sauver de la pluie
Entre un passant morfondu.
Au brouet on le convie :
Il n'était pas attendu.

Son hôte n'eut pas la peine
De le semondre deux fois.
D'abord avec son haleine
Il se réchauffe les doigts.

Puis sur le mets qu'on lui donne,
Délicat, il souffle aussi.
Le satyre s'en étonne :
Notre hôte, à quoi bon ceci?

L'un refroidit mon potage,
L'autre réchauffe ma main.
Vous pouvez, dit le sauvage,
Reprendre votre chemin.

Ne plaise aux dieux que je couche
Avec vous sous même toit !
Arrière ceux dont la bouche
Souffle le chaud et le froid !

LE LABOUREUR ET SES ENFANS.

Travaillez, prenez de la péine :
C'est le fonds qui manque le moins.

Un riche laboureur, sentant sa mort prochaine,
Fit venir ses enfans, leur parla sans témoins.
Gardez-vous, leur dit-il, de vendre l'héritage
    Que nous ont laissé nos parens :
    Un trésor est caché dedans.
    Je ne sais pas l'endroit ; mais un peu de courage
    Vous le fera trouver : vous en viendrez à bout.
Remuez votre champ dès qu'on aura fait l'oût.
Creusez, fouillez, béchez, ne laissez nulle place
    Où la main ne passe et repasse.

Le père mort, les fils vous retournent le champ
Deçà, delà, partout; si bien qu'au bout de l'an
   Il en rapporta davantage.
D'argent, point de caché. Mais le père fut sage
    De leur montrer avant sa mort
    Que le travail est un trésor.

La Montagne qui accouche.

LA MONTAGNE QUI ACCOUCHE.

Une montagne en mal d'enfant
Jetait une clameur si haute,
Que chacun, au bruit accourant,
Crut qu'elle accoucherait sans faute
D'une cité plus grosse que Paris :
Elle accoucha d'une souris.

Quand je songe à cette fable,
Dont le récit est menteur,
Et le sens est véritable,
Je me figure un auteur

Qui dit : Je chanterai la guerre
Que firent les Titans au maître du tonnerre.
C'est promettre beaucoup : mais qu'en sort-il souvent ?
Du vent.

LA FORTUNE ET LE JEUNE ENFANT.

Sur le bord d'un puits très-profond
Dormait étendu de son long
Un enfant alors dans ses classes :
Tout est aux écoliers couchette et matelas.
    Un honnête homme, en pareil cas,
    Aurait fait un saut de vingt brasses.
    Près de là tout heureusement
La Fortune passa, l'éveilla doucement,
Lui disant : Mon mignon, je vous sauve la vie.
Soyez une autre fois plus sage, je vous prie.
Si vous fussiez tombé, l'on s'en fût pris à moi ;
    Cependant c'était votre faute.

19

Je vous demande, en bonne foi,
Si cette imprudence si haute
Provient de mon caprice. Elle part à ces mots.

Pour moi, j'approuve son propos.
Il n'arrive rien dans le monde
Qu'il ne faille qu'elle en réponde :
Nous la faisons de tous écots :
Elle est prise à garant de toutes aventures.
Est-on sot, étourdi, prend-on mal ses mesures,
On pense en être quitte en accusant son sort :
Bref, la Fortune a toujours tort.

LES MÉDECINS.

Le médecin TANT-PIS allait voir un malade
Que visitait aussi son confrère TANT-MIEUX.
Ce dernier espérait, quoique son camarade
Soutînt que le gisant irait voir ses aïeux.
Tous deux s'étant trouvés différens pour la cure,
Leur malade paya le tribut à nature,
Après qu'en ses conseils TANT-PIS eut été cru.
Ils triomphaient sur cette maladie,
L'un disait : Il est mort; je l'avais bien prévu.
S'il m'eût cru, disait l'autre, il serait plein de vie.

LA POULE AUX OEUFS D'OR.

L'avarice perd tout en voulant tout gagner.
    Je ne veux, pour le témoigner,
Que celui dont la poule, à ce que dit la fable,
    Pondait tous les jours un œuf d'or.
Il crut que dans son corps elle avait un trésor.
Il la tua, l'ouvrit, et la trouva semblable
A celles dont les œufs ne lui rapportaient rien,
S'étant lui-même ôté le plus beau de son bien.

    Belle leçon pour les gens chiches !
Pendant ces derniers temps, combien en a-t-on vus
Qui du soir au matin sont pauvres devenus,
    Pour vouloir trop tôt être riches !

Le Serpent et la Lime.

LE SERPENT ET LA LIME.

On conte qu'un serpent voisin d'un horloger
(C'était pour l'horloger un mauvais voisinage)
Entra dans sa boutique , et, cherchant à manger ,
    N'y rencontra pour tout potage
Qu'une lime d'acier qu'il se mit à ronger.
Cette lime lui dit sans se mettre en colère :
    Pauvre ignorant ! et que prétends-tu faire?
      Tu te prends à plus dur que toi,
      Petit serpent à tête folle ;
      Plutôt que d'emporter de moi
      Seulement le quart d'une obole,

Tu te romprais toutes les dents :
Je ne crains que celles du temps.

Ceci s'adresse à vous, esprits du dernier ordre,
Qui, n'étant bons à rien, cherchez sur tout à mordre :
Vous vous tourmentez vainement.
Croyez-vous que vos dents impriment leurs outrages
Sur tant de beaux ouvrages ?
Ils sont pour vous d'airain, d'acier, de diamant.

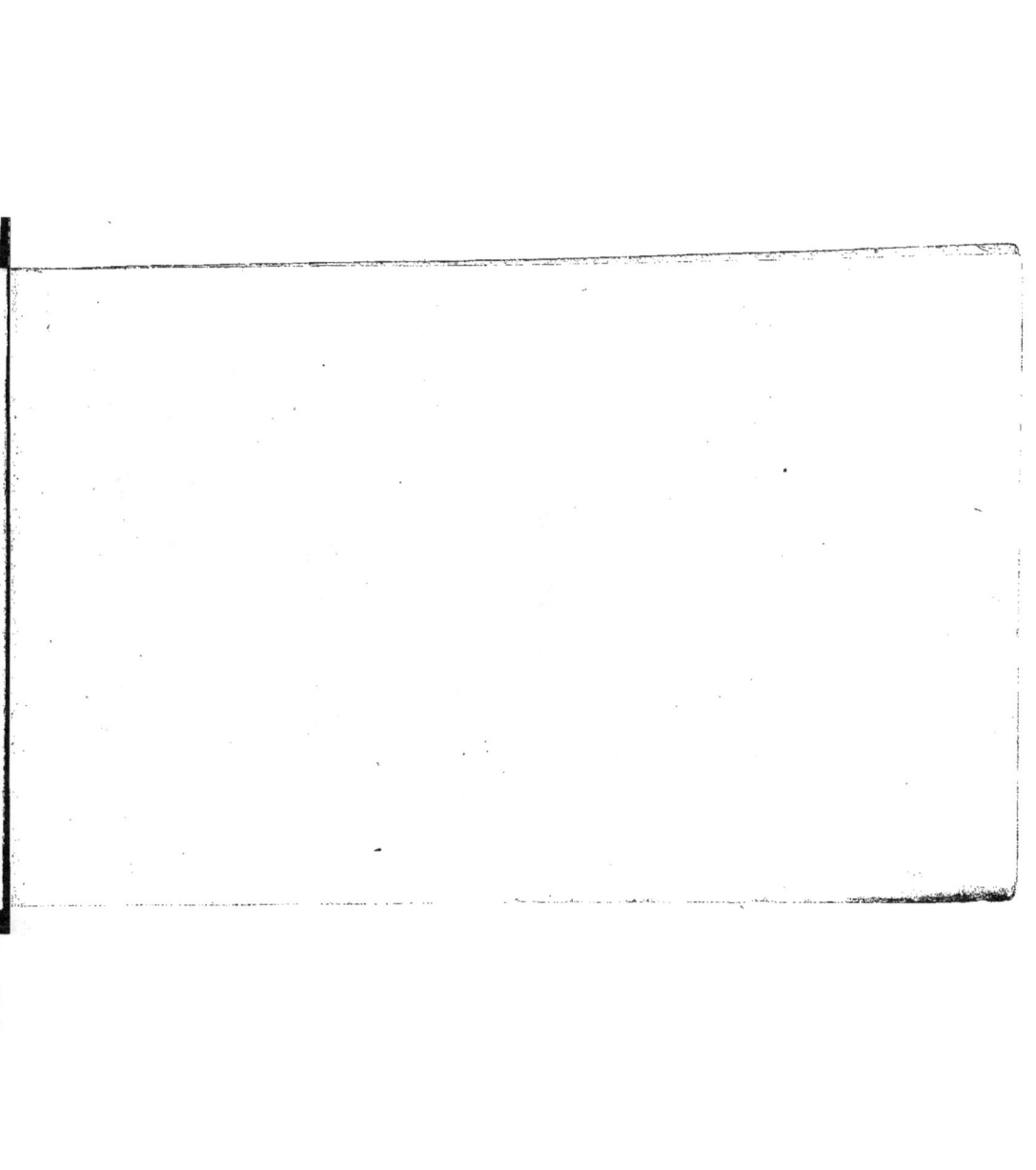

L'Ane vêtu de la peau du Lion.

L'ANE VÊTU DE LA PEAU DU LION.

De la peau du lion l'âne s'étant vêtu ,
  Était craint partout à la ronde ;
  Et bien qu'animal sans vertu ,
  Il faisait trembler tout le monde.
Un petit bout d'oreille échappé par malheur
  Découvrit la fourbe et l'erreur.
  Martin fit alors son office.
Ceux qui ne savaient pas la ruse et la malice
  S'étonnaient de voir que Martin
  Chassât les lions au moulin.

  Force gens font du bruit en France

Par qui cet apologue est rendu familier ;
Un équipage cavalier
Fait les trois quarts de leur vaillance.

JUPITER ET LE MÉTAYER.

Jupiter eut jadis une ferme à donner.
Mercure en fit l'annonce, et gens se présentèrent,
    Firent des offres, écoutèrent :
.   Ce ne fut pas sans bien tourner.
    L'un alléguait que l'héritage
Était frayant et rude, et l'autre un autre si.
    Pendant qu'ils marchandaient ainsi,
Un d'eux, le plus hardi, mais non pas le plus sage,
Promit d'en rendre tant, pourvu que Jupiter
    Le laissât disposer de l'air,
    Lui donnât saison à sa guise,

20

Qu'il eût du chaud, du froid, du beau temps, de la bise,
    Enfin du sec et du mouillé
    Aussitôt qu'il aurait bâillé.
Jupiter y consent. Contrat passé. Notre homme
Tranche du roi des airs, pleut, vente, et fait en somme
Un climat pour lui seul : ses plus proches voisins
Ne s'en sentaient non plus que les Américains.
Ce fut leur avantage : ils eurent bonne année
    Pleine moisson, pleine vinée.
Monsieur le receveur fut très-mal partagé.
    L'an suivant, voilà tout changé.
    Il ajuste d'une autre sorte
    La température des cieux.
    Son champ ne s'en trouve pas mieux.
Celui de ses voisins fructifie et rapporte.
Que fait-il ? Il recourt au monarque des dieux :

Il confesse son imprudence.
Jupiter en usa comme un maître fort doux.

Concluons que la Providence
Sait ce qu'il nous faut mieux que nous.

LE MULET SE VANTANT DE SA GÉNÉALOGIE.

Le mulet d'un prélat se piquait de noblesse,
    Et ne parlait incessamment
    Que de sa mère la jument,
    Dont il contait mainte prouesse.
    Elle avait fait ceci, puis avait été là.
    Son fils prétendait pour cela
    Qu'on le dût mettre dans l'histoire.
Il eût cru s'abaisser servant un médecin.
  Étant devenu vieux, on le mit au moulin :
  Son père l'âne alors lui revint en mémoire.

    Quand le malheur ne serait bon

Qu'à mettre un sot à la raison,
Toujours serait-ce à juste cause
Qu'on le dit bon à quelque chose.

LE CERF SE VOYANT DANS L'EAU.

Dans le cristal d'une fontaine
Un cerf se mirant autrefois
Louait la beauté de son bois,
Et ne pouvait qu'avecque peine
Souffrir ses jambes de fuseaux,
Dont il voyait l'objet se perdre dans les eaux.
Quelle proportion de mes pieds à ma tête !
Disait-il en voyant leur ombre avec douleur :
Des taillis les plus hauts mon front atteint le faîte :
Mes pieds ne me font point d'honneur.
Tout en parlant de la sorte,
Un limier le fait partir ;

Le Cerf se voyant dans l'eau.

Il tache à se garantir,
Dans les forêts il s'emporte.
Son bois, dommageable ornement,
L'arrêtant à chaque moment,
Nuit à l'office que lui rendent
Ses pieds, de qui ses jours dépendent;
Il se dédit alors, et maudit les présens,
Que le ciel lui fait tous les ans.

Nous faisons cas du beau, nous méprisons l'utile;
Et le beau souvent nous détruit.
Ce cerf blâme ses pieds qui le rendent agile,
Il estime un bois qui lui nuit.

LE LIÈVRE ET LA TORTUE.

Rien ne sert de courir : il faut partir à point.
Le lièvre et la tortue en sont un témoignage.

Gageons, dit celle-ci, que vous n'atteindrez point
Sitôt que moi ce but. Sitôt ? êtes-vous sage?
 Repartit l'animal léger.
 Ma commère, il vous faut purger
 Avec quatre grains d'ellébore.
 Sage ou non, je parie encore.
 Ainsi fut fait, et de tous deux
 On mit près du but les enjeux.
 Savoir quoi, ce n'est pas l'affaire,
 Ni de quel juge l'on convint.

Le Lièvre et la Tortue.

Notre lièvre n'avait que quatre pas à faire,
J'entends de ceux qu'il fait, lorsque, près d'être atteint,
Il s'éloigne des chiens, les renvoie aux calendes,
  Et leur fait arpenter les landes.
Ayant, dis-je, du temps de reste pour brouter,
  Pour dormir, et pour écouter
 D'où vient le vent, il laisse la tortue
  Aller son train de sénateur.
  Elle part, elle s'évertue,
  Elle se hâte avec lenteur.
Lui cependant méprise une telle victoire,
  Tient la gageure à peu de gloire,
  Croit qu'il y va de son honneur
De partir tard. Il broute, il se repose,
 Il s'amuse à tout autre chose
Qu'à la gageure. A la fin, quand il vit

Que l'autre touchait presqu'au bout de la carrière,
Il partit. comme un trait : mais les élans qu'il fit
Furent vains : la tortue arriva la première.
Hé bien, lui cria–t–elle, avais–je pas raison ?
    De quoi vous sert votre vitesse ?
    Moi l'emporter ! et que serait-ce
    Si vous portiez une maison ?

LE SOLEIL ET LES GRENOUILLES.

Aux noces d'un tyran tout le peuple en liesse
　　Noyait son souci dans les pots ;
Ésope seul trouvait que les gens étaient sots
　　De témoigner tant d'allégresse.
Le soleil, disait-il, eut dessein autrefois
　　De songer à l'hyménée.
Aussitôt on ouït, d'une commune voix ,
　　Se plaindre de leur destinée
　　Les citoyennes des étangs.
　　Que ferons-nous, s'il lui vient des enfans ?
Dirent-elles au Sort : un seul soleil à peine
　　Se peut souffrir : une demi-douzaine

Mettra la mer à sec et tous ses habitans.
Adieu joncs et marais : notre race est détruite :
 Bientôt on la verra réduite
 A l'eau du Styx. Pour un pauvre animal,
Grenouilles, à mon sens, ne raisonnaient pas mal.

Le Villageois et le Serpent.

LE VILLAGEOIS ET LE SERPENT.

Ésope conte qu'un manant
Charitable autant que peu sage,
Un jour d'hiver se promenant
Alentour de son héritage,
Aperçut un serpent sur la neige étendu,
Transi, gelé, perclus, immobile rendu,
N'ayant pas à vivre un quart d'heure.
Le villageois le prend, l'emporte en sa demeure;
Et sans considérer quel sera le loyer
D'une action de ce mérite,
Il l'étend le long du foyer,
Le réchauffe, le ressuscite.

L'animal engourdi sent à peine le chaud,
Que l'âme lui revient avecque la colère.
Il lève un peu la tête, et puis siffle aussitôt,
Puis fait un long repli, puis tâche à faire un saut
Contre son bienfaiteur, son sauveur et son père.
Ingrat, dit le manant, voilà donc mon salaire !
Tu mourras. A ces mots, plein d'un juste courroux,
Il vous prend sa cognée, il vous tranche la bête ;
    Il fait trois serpens de deux coups,
    Un tronçon, la queue, et la tête.
L'insecte sautillant cherche à se réunir :
    Mais il ne put y parvenir.

    Il est bon d'être charitable :
    Mais envers qui ? c'est là le point.
    Quant aux ingrats, il n'en est point
    Qui ne meure enfin misérable.

Le Lion malade et le Renard.

LE LION MALADE ET LE RENARD.

De par le roi des animaux,
Qui dans son antre était malade,
Fut fait savoir à ses vassaux
Que chaque espèce en ambassade
Envoyât gens le visiter,
Sous promesse de bien traiter
Les députés, eux et leur suite,
Foi de lion très-bien écrite :
Bon passeport contre la dent,
Contre la griffe tout autant.
L'édit du prince s'exécute :
De chaque espèce on lui députe.

Les renards gardant la maison,
Un d'eux en dit cette raison :
Les pas empreints sur la poussière
Par ceux qui s'en vont faire au malade leur cour,
Tous, sans exception, regardent sa tanière ;
Pas un ne marque de retour.
Cela nous met en méfiance.
Que sa majesté nous dispense :
Grand merci de son passe-port.
Je le crois bon ; mais dans cet antre,
Je vois fort bien comme l'on entre ;
Et ne voit pas comme on en sort.

Le Cheval et l'Âne.

LE CHEVAL ET L'ANE.

En ce monde il se faut l'un l'autre secourir.
  Si ton voisin vient à mourir,
  C'est sur toi que le fardeau tombe.

Un âne accompagnait un cheval peu courtois,
Celui-ci ne portant que son simple harnois,
Et le pauvre baudet si chargé, qu'il succombe.
Il pria le cheval de l'aider quelque peu :
Autrement il mourrait devant qu'être à la ville.
La prière, dit-il, n'en est pas incivile :
Moitié de ce fardeau ne vous sera que jeu.
Le cheval refusa, fit une pétarade,

22

Tant qu'il vit sous le faix mourir son camarade,
    Et reconnut qu'il avait tort.
    Du baudet en cette aventure
    On lui fit porter la voiture,
    Et la peau par-dessus encor.

Le Chien qui lâche sa proie pour l'Ombre.

LE CHIEN QUI LACHE SA PROIE POUR L'OMBRE.

CHACUN se trompe ici-bas :
On voit courir après l'ombre
Tant de fous, qu'on n'en sait pas
La plupart du temps le nombre.
Au chien dont parle Esope il faut les renvoyer.

Ce chien voyant sa proie en l'eau représentée,
La quitta pour l'image, et pensa se noyer :
La rivière devint tout d'un coup agitée,
    A toute peine il regagna les bords,
    Et n'eut ni l'ombre ni le corps.

LE CHARTIER EMBOURBÉ.

Le Phaéton d'une voiture à foin
Vit son char embourbé. Le pauvre homme était loin
De tout humain secours. C'était à la campagne,
Près d'un certain canton de la Basse-Bretagne,
    Appelé Quimpercorentin.
    On sait assez que le destin
Adresse là les gens quand il veut qu'on enrage :
    Dieu nous préserve du voyage !

Pour venir au chartier embourbé dans ces lieux,
Le voilà qui déteste et jure de son mieux,
    Pestant en sa fureur extrême

Le Charretier embourbé .

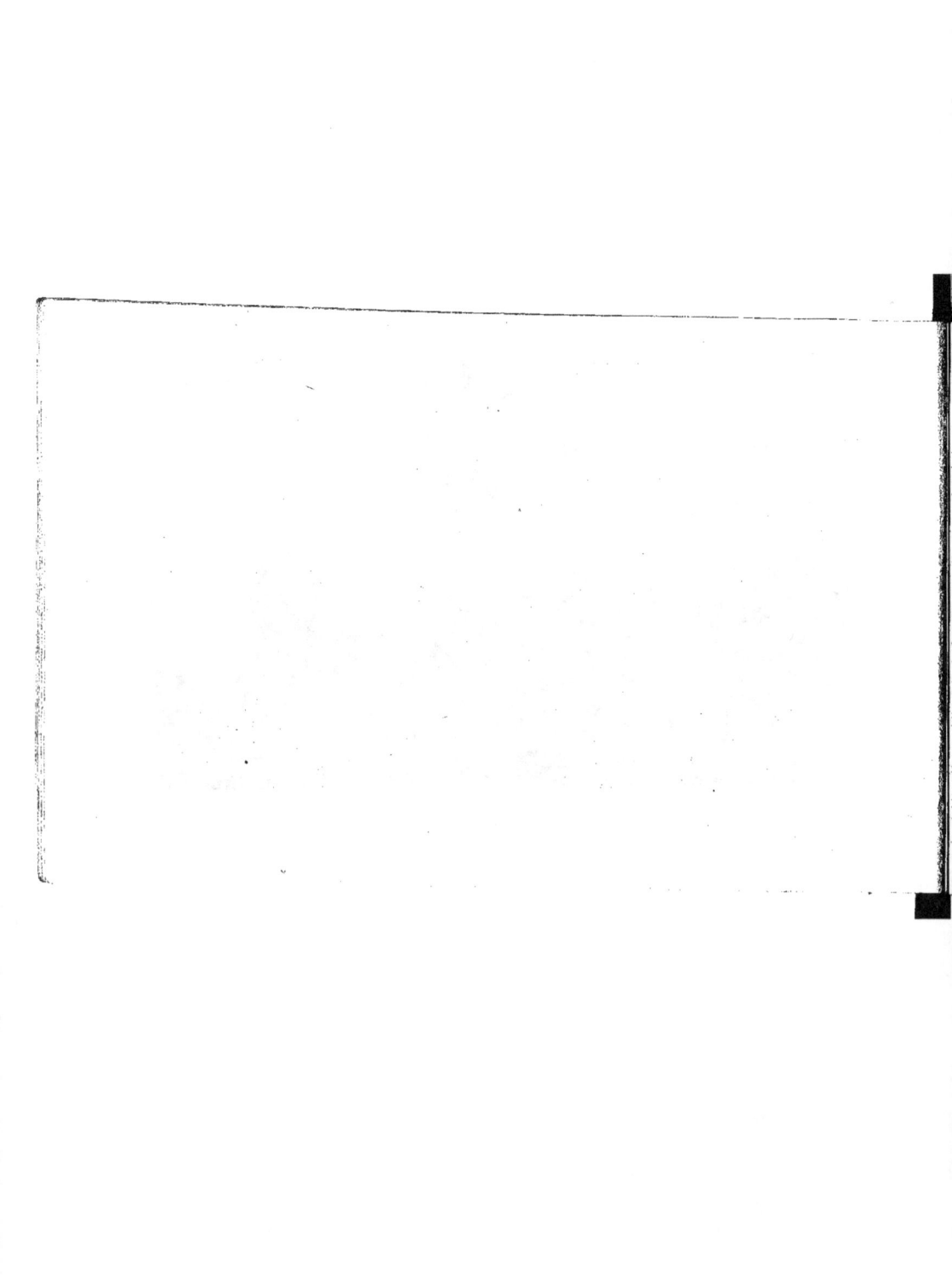

Tantôt contre les trous, puis contre ses chevaux,
    Contre son char, contre lui-même.
Il invoque à la fin le dieu dont les travaux
    Sont si célèbres dans le monde.
Hercule, lui dit-il, aïde-moi : si ton dos
    A porté la machine ronde,
    Ton bras peut me tirer d'ici.
Sa prière étant faite, il entend dans la nue
    Une voix qui lui parle ainsi :
    Hercule veut qu'on se remue,
Puis il aide les gens. Regarde d'où provient
    L'achoppement qui te retient :
    Ote d'autour de chaque roue
Ce malheureux mortier, cette maudite boue,
    Qui jusqu'à l'essieu les enduit.
Prends ton pic, et me romps ce caillou qui te nuit.

Comble-moi cette ornière. As-tu fait? Oui, dit l'homme.
Or bien je vais t'aider, dit la voix : prends ton fouet.
Je l'ai pris. Qu'est ceci? mon char marche à souhait !
Hercule en soit loué. Lors la voix : Tu vois comme
Tes chevaux aisément se sont tirés de là.

     Aide-toi, le ciel t'aidera.

LA JEUNE VEUVE.

LA perte d'un époux ne va point sans soupirs.
On fait beaucoup de bruit, et puis on se console.
Sur les ailes du temps la tristesse s'envole,
        Le temps ramène les plaisirs.
        Entre la veuve d'une année
        Et la veuve d'une journée
La différence est grande. On ne croirait jamais
        Que ce fût la même personne.
L'une fait fuir les gens, et l'autre a mille attraits :
Aux soupirs vrais ou faux celle-là s'abandonne ;
C'est toujours même note et pareil entretien :
        On dit qu'on est inconsolable ;

On le dit, mais il n'en est rien,
Comme on verra par cette fable,
Ou plutôt par la vérité.

L'époux d'une jeune beauté
Partait pour l'autre monde. A ses cotés sa femme
Lui criait : Attends-moi; je te suis, et mon âme
Aussi-bien que la tienne est prête à s'envoler.
Le mari fait seul le voyage.
La belle avait un père, homme prudent et sage :
Il laissa le torrent couler.
A la fin, pour la consoler,
Ma fille, lui dit-il, c'est trop verser de larmes :
Qu'a besoin le défunt que vous noyiez vos charmes ?
Puisqu'il est des vivans, ne songez plus aux morts.
Je ne dis pas que tout à l'heure

Une condition meilleure
Change en des noces ces transports :
Mais après certain temps, souffrez qu'on vous propose
Un époux beau, bien fait, jeune, et tout autre chose
    Que le défunt. Ah ! dit-elle aussitôt,
        Un cloître est l'époux qu'il me faut.
Le père lui laissa digérer sa disgrâce.
        Un mois de la sorte se passe.
L'autre mois, on l'emploie à changer tous les jours
Quelque chose à l'habit, au linge, à la coiffure :
        Le deuil enfin sert de parure,
        En attendant d'autres atours.
        Toute la bande des amours
Revient au colombier : les jeux, les ris, la danse
        Ont aussi leur tour à la fin.
        On se plonge soir et matin

23

Dans la fontaine de Jouvence.
Le père ne craint plus ce défunt tant chéri :
Mais comme il ne parlait de rien à notre belle :
    Où donc est le jeune mari
    Que vous m'avez promis? dit-elle.

LE MAL MARIE.

Que le bon soit toujours camarade du beau,
    Dès demain je chercherai femme :
Mais comme le divorce entre eux n'est pas nouveau,
Et que peu de beaux corps, hôtes d'une belle ame,
    Assemblent l'un et l'autre point ;
Ne trouvez pas mauvais que je ne cherche point.
J'ai vu beaucoup d'hymens, aucuns d'eux ne me tentent :
Cependant des humains presque les quatre parts
S'exposent hardiment au plus grand des hasards :
Les quatre parts aussi des humains se repentent.
J'en vais alléguer un qui, s'étant repenti,
    Ne put trouver d'autre parti

Que de renvoyer son épouse,
Querelleuse, avare, et jalouse.
Rien ne la contentait, rien n'était comme il faut,
On se levait trop tard, on se couchait trop tôt :
Puis du blanc, puis du noir, puis encore autre chose.
Les valets enrageaient, l'époux était à bout :
Monsieur ne songe à rien, monsieur dépense tout,
Monsieur court, monsieur se repose.
Elle en dit tant, que monsieur à la fin,
Lassé d'entendre un tel lutin,
Vous la renvoie à la campagne
Chez ses parens. La voilà donc compagne
De certaines Philis qui gardent les dindons
Avec les gardeurs de cochons.
Au bout de quelque temps qu'on la crut adoucie,
Le mari la reprend. Eh bien ! qu'avez-vous fait ?

Comment passiez-vous votre vie?
L'innocence des champs est-elle votre fait?
 Assez, dit-elle : mais ma peine
Était de voir les gens plus paresseux qu'ici :
 Ils n'ont des troupeaux nul souci.
Je leur savais bien dire, et m'attirais la haine
 De tous ces gens si peu soigneux.
Eh! madame, reprit son époux tout à l'heure,
 Si votre esprit est si hargneux
 Que le monde qui ne demeure
Qu'un moment avec vous et ne revient qu'au soir,
 Est déjà lassé de vous voir,
Que feront des valets qui toute la journée
 Vous verront contre eux déchaînée?
 Et que pourra faire un époux
Que vous voulez qui soit jour et nuit avec vous?

Retournez au village : adieu. Si de ma vie
Je vous rappelle, et qu'il m'en prenne envie,
Puissé-je chez les morts avoir, pour mes péchés,
Deux femmes comme vous sans cesse à mes côtés !

LE RAT QUI S'EST RETIRÉ DU MONDE.

Les Levantins en leur légende
Disent qu'un certain rat, las des soins d'ici-bas,
        Dans un fromage de Hollande
        Se retira loin du tracas.
        La solitude était profonde,
        S'étendant partout à la ronde.
Notre ermite nouveau subsistait là-dedans.
        Il fit tant des pieds et des dents,
Qu'en peu de jours il eut au fond de l'ermitage
Le vivre et le couvert : que faut-il davantage ?
Il devint gros et gras : Dieu prodigue ses biens
        A ceux qui font vœu d'être siens.

Un jour au dévot personnage
Des députés du peuple rat
S'en vinrent demander quelque aumône légère :
Ils allaient en terre étrangère
Chercher quelque secours contre le peuple chat :
Ratopolis était bloquée :
On les avait contraints de partir sans argent,
Attendu l'état indigent
De la république attaquée.
Ils demandaient fort peu, certains que le secours
Serait prêt dans quatre ou cinq jours.
Mes amis, dit le solitaire,
Les choses d'ici-bas ne me regardent plus :
En quoi peut un pauvre réclus
Vous assister? que peut-il faire,
Que de prier le ciel qu'il vous aide en ceci?

J'espère qu'il aura de vous quelque souci.
  Ayant parlé de cette sorte
  Le nouveau saint ferma sa porte.

  Qui désigné-je, à votre avis,
  Par ce rat si peu secourable?
  Un moine? non, mais un dervis :
Je suppose qu'un moine est toujours charitable.

24

LA FILLE.

Certaine fille un peu trop fière
    Prétendait trouver un mari
Jeune, bien fait et beau, d'agréable manière,
Point froid et point jaloux : notez ces deux points-ci.
        Cette fille voulait aussi
        Qu'il eût du bien, de la naissance,
    De l'esprit, enfin tout : mais qui peut tout avoir ?
Le destin se montra soigneux de la pourvoir :
        Il vint des partis d'importance.
La belle les trouva trop chétifs de moitié.
Quoi, moi? quoi, ces gens-là? l'on radote, je pense :
A moi les proposer! hélas! ils font pitié.

Voyez un peu la belle espèce !
L'un n'avait en l'esprit nulle délicatesse,
L'autre avait le nez fait de cette façon-là :
          C'était ceci, c'était cela,
          C'était tout ; car les précieuses
          Font dessus tout les dédaigneuses.
Après les bons partis, les médiocres gens
          Vinrent se mettre sur les rangs.
Elle de se moquer. Ah ! vraiment, je suis bonne
De leur ouvrir la porte : ils pensent que je suis
          Fort en peine de ma personne.
          Grâce à Dieu, je passe les nuits
          Sans chagrin quoiqu'en solitude.
La belle se sut gré de tous ces sentimens.
L'âge la fit déchoir : adieu tous les amans.
Un an se passe et deux avec inquiétude.

Le chagrin vient ensuite : elle sent chaque jour
Déloger quelques ris, quelques jeux, puis l'amour :
    Puis ses traits choquer et déplaire :
Puis cent sortes de fards. Ses soins ne purent faire
Qu'elle échappât au temps, cet insigne larron.
      Les ruines d'une maison
Se peuvent réparer : que n'est cet avantage
    Pour les ruines du visage !
Sa préciosité changea lors de langage.
Son miroir lui disait : Prenez vite un mari :
Je ne sais quel désir le lui disait aussi :
Le désir peut loger chez une précieuse :
Celle-ci fit un choix qu'on n'aurait jamais cru,
Se trouvant à la fin tout aise et tout heureuse
    De rencontrer un malotru.

LA LAITIÈRE ET LE POT AU LAIT.

Perrette, sur sa tête ayant un pot au lait
    Bien posé sur un coussinet,
Prétendait arriver sans encombre à la ville.
Légère et court vêtue, elle allait à grands pas,
Ayant mis ce jour-là, pour être plus agile,
    Cotillon simple et souliers plats.
    Notre laitière ainsi troussée,
    Comptait déjà dans sa pensée
Tout le prix de son lait, en employait l'argent,
Achetait un cent d'œufs, faisait triple couvée :
La chose allait à bien par son soin diligent.
    Il m'est, disait-elle, facile

D'élever des poulets autour de ma maison :
    Le renard sera bien habile
S'il ne m'en laisse assez pour avoir un cochon.
Le porc à s'engraisser coûtera peu de son :
Il était quand je l'eus, de groseur raisonnable.
J'aurai le revendant, de l'argent bel et bon.
Et qui m'empêchera de mettre en notre étable,
Vu le prix dont il est, une vache et son veau,
Que je verrai sauter au milieu du troupeau ?
Perrette là-dessus saute aussi, transportée.
Le lait tombe : adieu veau, vache, cochon, couvée.
La dame de ces biens, quittant d'un œil marri
    Sa fortune ainsi répandue,
    Va s'excuser à son mari,
    En grand danger d'être battue.
    Le récit en farce en fut fait :

On l'appela LE POT AU LAIT.

Quel esprit ne bat la campagne?
Qui ne fait châteaux en Espagne?
Pichrocole, Pyrrhus, la laitière, enfin tous,
    Autant les sages que les fous.
Chacun songe en veillant, il n'est rien de plus doux.
Une flatteuse erreur emporte alors nos âmes :
    Tout le bien du monde est à nous,
    Tous les honneurs, toutes les femmes.
Quand je suis seul, je fais au plus brave un défi :
Je m'écarte, je vais détrôner le sophi;
    On m'élit roi, mon peuple m'aime :
Les diadèmes vont sur ma tête pleuvant.
Quelque accident fait-il que je rentre en moi-même,
    Je suis gros Jean comme devant.

LE CURÉ ET LE MORT.

Un mort s'en allait tristement
S'emparer de son dernier gîte :
Un curé s'en allait gaîment
Enterrer ce mort au plus vite.
Notre défunt était en carrosse porté,
    Bien et dûment empaqueté,
Et vêtu d'une robe, hélas ! qu'on nomme bière,
    Robe d'hiver, robe d'été,
    Que les morts ne dépouillent guère.
    Le pasteur était à côté,
    Et récitait à l'ordinaire
    Maintes dévotes oraisons,

    Et des psaumes et des leçons,
    Et des versets et des répons.
    Monsieur le mort, laissez-nous faire,
On vous en donnera de toutes les façons :
    Il ne s'agit que du salaire.
Messire Jean Chouart couvait des yeux son mort,
Comme si l'on eût dû lui ravir ce trésor,
    Et des regards semblait lui dire :
    Monsieur le mort, j'aurai de vous
    Tant en argent et tant en cire,
    Et tant en autres menus coûts.
Il fondait là-dessus l'achat d'une feuillette
    Du meilleur vin des environs :
    Certaine nièce assez proprette,
    Et sa chambrière Pâquette,
    Devaient avoir des cotillons.

25

Sur cette agréable pensée
Un heurt survient : adieu le char.
Voilà messire Jean Chouart
Qui du choc de son mort a la tête cassée :
Le paroissien en plomb entraîne son pasteur,
Notre curé suit son seigneur :
Tous deux s'en vont de compagnie.

Proprement toute notre vie
Est le curé Chouart, qui sur son mort comptait,
Et la fable du pot au lait.

LES DEUX COQS.

Deux coqs vivaient en paix ; une poule survint,
    Et voilà la guerre allumée.
Amour, tu perdis Troie ; et c'est de toi que vint
    Cette querelle envenimée
Où du sang des dieux même on vit le Xante teint.
Long-temps entre nos coqs le combat se maintint.
Le bruit s'en répandit par tout le voisinage,
La gent qui porte crête au spectacle accourut.
    Plus d'une Hélène au beau plumage
Fut le prix du vainqueur : le vaincu disparut :
Il alla se cacher au fond de sa retraite,
    Pleura sa gloire et ses amours ;

Ses amours, qu'un rival tout fier de sa défaite
Possédait à ses yeux. Il voyait tous les jours
Cet objet rallumer sa haine et son courage.
Il aiguisait son bec, battait l'air et ses flancs,
    Et, s'exerçant contre les vents,
    S'armait d'une jalouse rage.
Il n'en eut pas besoin. Son vainqueur sur les toits
    S'alla percher, et chanta sa victoire.
      Un vautour entendit sa voix :
      Adieu les amours et la gloire.
Tout cet orgueil périt sous l'ongle du vautour.
      Enfin, par un fatal retour,
      Son rival autour de la poule
      S'en revint faire le coquet :
      Je laisse à penser quel caquet,
      Car il eut des femmes en foule.

La Fortune se plaît à faire de ces coups :
Tout vainqueur insolent à sa perte travaille.
Défions-nous du sort, et prenons garde à nous
    Après le gain d'une bataille.

LE SAVETIER ET LE FINANCIER.

Un savetier chantait du matin jusqu'au soir.
          C'était merveille de le voir,
Merveille de l'ouïr : il faisait des passages,
          Plus content qu'aucun des sept sages.
Son voisin, au contraire, étant tout cousu d'or,
          Chantait peu, dormait moins encor.
          C'était un homme de finance.
Si sur le point du jour parfois il sommeillait,
Le savetier alors en chantant l'éveillait ;
          Et le financier se plaignait
          Que les soins de la Providence
N'eussent pas au marché fait vendre le dormir
          Comme le manger et le boire.

En son hôtel il fait venir
Le chanteur, et lui dit : Or çà, sire Grégoire,
Que gagnez-vous par an ? Par an ? ma foi, monsieur,
    Dit avec un ton de rieur
Le gaillard savetier, ce n'est point ma manière
De compter de la sorte ; et je n'entasse guère
    Un jour sur l'autre : il suffit qu'à la fin
      J'attrape le bout de l'année :
      Chaque jour amène son pain.
Eh bien ! que gagnez-vous, dites-moi, par journée ?
Tantôt plus, tantôt moins : le mal est que toujours
(Et sans cela nos gains seraient assez honnêtes)
Le mal est que dans l'an s'entremêlent des jours
    Qu'il faut chômer : on nous ruine en fêtes.
L'une fait tort à l'autre, et monsieur le curé
De quelque nouveau saint charge toujours son prône.

Le financier, riant de sa naïveté,
Lui dit : Je vous veux mettre aujourd'hui sur le trône.
Prenez ces cent écus ; gardez-les avec soin,
    Pour vous en servir au besoin.
Le savetier crut voir tout l'argent que la terre
    Avait depuis plus de cent ans
    Produit pour l'usage des gens.
Il retourne chez lui : dans sa cave il enserre
    L'argent et sa joie à la fois.
    Plus de chant : il perdit la voix
Du moment qu'il gagna ce qui cause nos peines.
    Le sommeil quitta son logis,
    Il eut pour hôtes les soucis,
    Les soupçons, les alarmes vaines.
Tout le jour il avait l'œil au guet ; et la nuit,
    Si quelque chat faisait du bruit,

Le chat prenait l'argent. A la fin le pauvre homme
S'en courut chez celui qu'il ne réveillait plus ;
Rendez-moi, lui dit-il, mes chansons et mon somme,
Et reprenez vos cent écus.

LES FEMMES ET LE SECRET.

Rien ne pèse tant qu'un secret :
Le porter loin est difficile aux dames ;
    Et je sais même sur ce fait
    Bon nombre d'hommes qui sont femmes.

Pour éprouver la sienne, un mari s'écria
La nuit étant près d'elle : O dieux ! qu'est-ce cela ?
    Je n'en puis plus, on me déchire :
Quoi ! j'accouche d'un œuf ! D'un œuf ? Oui, le voilà
Frais et nouveau pondu : gardez bien de le dire,
On m'appellerait poule : enfin n'en parlez pas.
    La femme neuve sur ce cas
    Ainsi que sur mainte autre affaire,

Crut la chose, et promit ses grands dieux de se taire :
   Mais ce serment s'évanouit
   Avec les ombres de la nuit.
   L'épouse, indiscrète et peu fine,
Sort du lit quand le jour fut à peine levé ;
   Et de courir chez sa voisine.
Ma commère, dit-elle, un cas est arrivé :
N'en dites rien surtout, car vous me feriez battre.
Mon mari vient de pondre un œuf gros comme quatre.
   Au nom de dieu, gardez-vous bien
   D'aller publier ce mystère.
Vous moquez-vous ? dit l'autre : ah ! vous ne savez guère
   Quelle je suis. Allez, ne craignez rien.
La femme du pondeur s'en retourne chez elle.
L'autre grille déjà d'en conter la nouvelle :
Elle va la répandre en plus de dix endroits.

Au lieu d'un œuf elle en dit trois.
Ce n'est pas encor tout, car une autre commère
En dit quatre, et raconte à l'oreille le fait :
　　　Précaution peu nécessaire,
　　　Car ce n'était plus un secret.
Comme le nombre d'œufs, grâce à la renommée,
　　　De bouche en bouche allait croissant,
　　　Avant la fin de la journée
　　　Ils se montaient à plus d'un cent.

LES DEUX AMIS.

Deux vrais amis vivaient au Monomotapa;
L'un ne possédait rien qui n'appartînt à l'autre.
      Les amis de ce pays-là
      Valent bien, dit-on, ceux du nôtre.
Une nuit que chacun s'occupait au sommeil,
Et mettait à profit l'absence du soleil,
Un de nos deux amis sort du lit en alarme :
Il court chez son intime, éveille les valets :
Morphée avait touché le seuil de ce palais.
L'ami couché s'étonne; il prend sa bourse, il s'arme,
Vient trouver l'autre, et dit : Il vous arrive peu
De courir quand on dort : vous me paraissiez homme

A mieux user du temps destiné pour le somme :
N'auriez-vous point perdu tout votre argent au jeu?
En voici : s'il vous est venu quelque querelle,
J'ai mon épée, allons. Vous ennuyèz-vous point
De coucher toujours seul? Une esclave assez belle
Était à mes côtés, voulez-vous qu'on l'appelle?
Non, dit l'ami, ce n'est ni l'un ni l'autre point :
    Je vous rends grâce de ce zèle.
Vous m'êtes en dormant un peu triste apparu :
J'ai craint qu'il ne fût vrai, je suis vite accouru,
    Ce maudit songe en est la cause.

Qui d'eux aimait le mieux? Que t'en semble, lecteur?
Cette difficulté vaut bien qu'on la propose.
Qu'un ami véritable est une douce chose !
Il cherche vos besoins au fond de votre cœur ;

Il vous épargne la pudeur
De les lui découvrir vous-même.
Un songe, un rien, tout lui fait peur
Quand il s'agit de ce qu'il aime.

L'ANE ET LE CHIEN.

Il se faut entr'aider, c'est la loi de nature.
　L'âne un jour pourtant s'en moqua,
　Et ne sais comme il y manqua;
　Car il est bonne créature.
Il allait par pays accompagné du chien,
　Gravement, sans songer à rien,
　Tous deux suivis d'un commun maître.
Ce maître s'endormit : l'âne se mit à paître :
　Il était alors dans un pré
　Dont l'herbe était fort à son gré.
Point de chardons pourtant; il s'en passa pour l'heure;
Il ne faut pas toujours être si délicat;

L'Ane et le Chien.

Et, faute de servir ce plat,
Rarement un festin demeure.
Notre baudet s'en sut enfin
Passer pour cette fois. Le chien, mourant de faim,
Lui dit : cher compagnon, baisse-toi, je te prie,
Je prendrai mon dîné dans le panier au pain.
Point de réponse, mot : le roussin d'Arcadie
Craignit qu'en perdant un moment
Il ne perdît un coup de dent.
Il fit long-temps la sourde oreille.
Enfin il répondit : Ami, je te conseille
D'attendre que ton maître ait fini son sommeil;
Car il te donnera sans faute à son réveil
Ta portion accoutumée :
Il ne saurait tarder beaucoup.
Sur ces entrefaites un loup

27

Sort du bois, et s'en vient : autre bête affamée.
L'âne appelle aussitôt le chien à son secours.
Le chien ne bouge, et dit : Ami, je te conseille
De fuir en attendant que ton maître s'éveille :
Il ne saurait tarder. Détale vite, et cours.
Que si ce loup t'atteint, casse-lui la mâchoire,
On t'a ferré de neuf; et, si tu me veux croire,
Tu l'étendras tout plat. Pendant ce beau discours
Seigneur loup étrangla le baudet sans remède.

Je conclus qu'il faut qu'on s'entr'aide.

LES DEUX PIGEONS.

Deux pigeons s'aimaient d'amour tendre.
L'un d'eux, s'ennuyant au logis,
Fut assez fou pour entreprendre
Un voyage en lointain pays.
L'autre lui dit : Qu'allez-vous faire ?
Voulez-vous quitter votre frère ?
L'absence est le plus grand des maux :
Non pas pour vous, cruel ! Au moins, que les travaux,
Les dangers, les soins du voyage
Changent un peu votre courage.
Encor si la saison s'avançait davantage !
Attendez les zéphirs : qui vous presse ? un corbeau

Tout à l'heure annonçait malheur à quelque oiseau.
Je ne songerai plus que rencontre funeste,
Que faucons, que réseaux. Hélas! dirai-je, il pleut :
    Mon frère a–t-il tout ce qu'il veut,
    Bon souper, bon gîte, et le reste?
    Ce discours ébranla le cœur
    De notre imprudent voyageur.
Mais le désir de voir et l'humeur inquiète
L'emportèrent enfin. Il dit : Ne pleurez point :
Trois jours au plus rendront mon âme satisfaite :
Je reviendrai dans peu conter de point en point
    Mes aventures à mon frère.
Je le désennuîrai. Quiconque ne voit guère
N'a guère à dire aussi. Mon voyage dépeint
    Vous sera d'un plaisir extrême.
Je dirai : J'étais là ; telle chose m'avint :

Vous y croirez être vous-même.
A ces mots, en pleurant ils se dirent adieu.
Le voyageur s'éloigne ; et voilà qu'un nuage
L'oblige de chercher retraite en quelque lieu.
Un seul arbre s'offrit, tel encor que l'orage
Maltraita le pigeon en dépit du feuillage.
L'air devenu serein, il par tout morfondu,
Sèche du mieux qu'il peut son corps chargé de pluie ;
Dans un champ à l'écart voit du blé répandu,
Voit un pigeon auprès, cela lui donne envie :
Il y vole, il est pris : ce blé couvrait d'un lacs
    Les menteurs et traîtres appâts.
Le lacs était usé ; si bien que de son aile,
De ses pieds, de son bec l'oiseau le rompt enfin :
Quelque plume y périt : et le pis du destin
Fut qu'un certain vautour à la serre cruelle

Vit notre malheureux qui, traînant la ficelle
Et les morceaux du lacs qui l'avait attrapé,
    Semblait un forçat échappé.
Le vautour s'en allait le lier, quand des nues
Fond à son tour un aigle aux ailes étendues.
Le pigeon profita du conflit des voleurs,
S'envola, s'abatit auprès d'une masure,
    Crut pour ce coup que ses malheurs
    Finiraient par cette aventure :
Mais un fripon d'enfant (cet âge est sans pitié)
Prit sa fronde, et du coup tua plus d'à moitié
    La volatille malheureuse,
  Qui, maudissant sa curiosité,
    Traînant l'aile et tirant le pied,
    Demi-morte et demi-boiteuse,
    Droit au logis s'en retourna :

Que bien, que mal, elle arriva
    Sans autre aventure fâcheuse.
Voilà nos gens rejoints ; et je laisse à juger
De combien de plaisirs ils payèrent leurs peines.

Amans, heureux amans, voulez-vous voyager ?
    Que ce soit aux rives prochaines.
Soyez-vous l'un à l'autre un monde toujours beau,
    Toujours divers, toujours nouveau :
Tenez-vous lieu de tout, comptez pour rien le reste.
J'ai quelquefois aimé : je n'aurais pas alors
    Contre le Louvre et ses trésors,
Contre le firmament et sa voûte céleste
    Changé les bois, changé les lieux
Honorés par les pas, éclairés par les yeux
    De l'aimable et jeune bergère

Pour qui, sous le fils de Cythère,
Je servis engagé par mes premiers sermens.
Hélas! quand reviendront de semblables momens?
Faut-il que tant d'objets si doux et si charmans
Me laissent vivre au gré de mon âme inquiète !
Ah ! si mon cœur osait encor se renflammer !
Ne sentirai-je plus de charme qui m'arrête?
   Ai-je passé le temps d'aimer?

L'HUITRE ET LES PLAIDEURS.

Un jour deux pélerins sur le sable rencontrent
Une huître que le flot y venait d'apporter :
Ils l'avalent des yeux, du doigt ils se la montrent :
A l'égard de la dent, il fallut contester.
L'un se baissait déjà pour ramasser la proie ;
L'autre le pousse, et dit : Il est bon de savoir
    Qui de nous en aura la joie.
Celui qui le premier a pu l'apercevoir
En sera le gobeur, l'autre le verra faire.
    Si par là l'on juge l'affaire,
Reprit son compagnon, j'ai l'œil bon, Dieu merci.
    Je ne l'ai pas mauvais aussi,

Dit l'autre ; et je l'ai vue avant vous, sur ma vie.
Eh bien, vous l'avez vue; et moi je l'ai sentie.
     Pendant tout ce bel incident
Perrin Dandin arrive : ils le prennent pour juge.
Perrin fort gravement ouvre l'huître et la gruge,
     Nos deux messieurs le regardant.
Ce repas fait, il dit d'un ton de président :
Tenez, la cour vous donne à chacun une écaille
Sans dépens , et qu'en paix chacun chez soi s'en aille.

Mettez ce qu'il en coûte à plaider aujourd'hui :
Comptez ce qu'il en reste à beaucoup de familles ,
Vous verrez que Perrin tire l'argent à lui,
Et ne laisse aux plaideurs que le sac et les quilles.

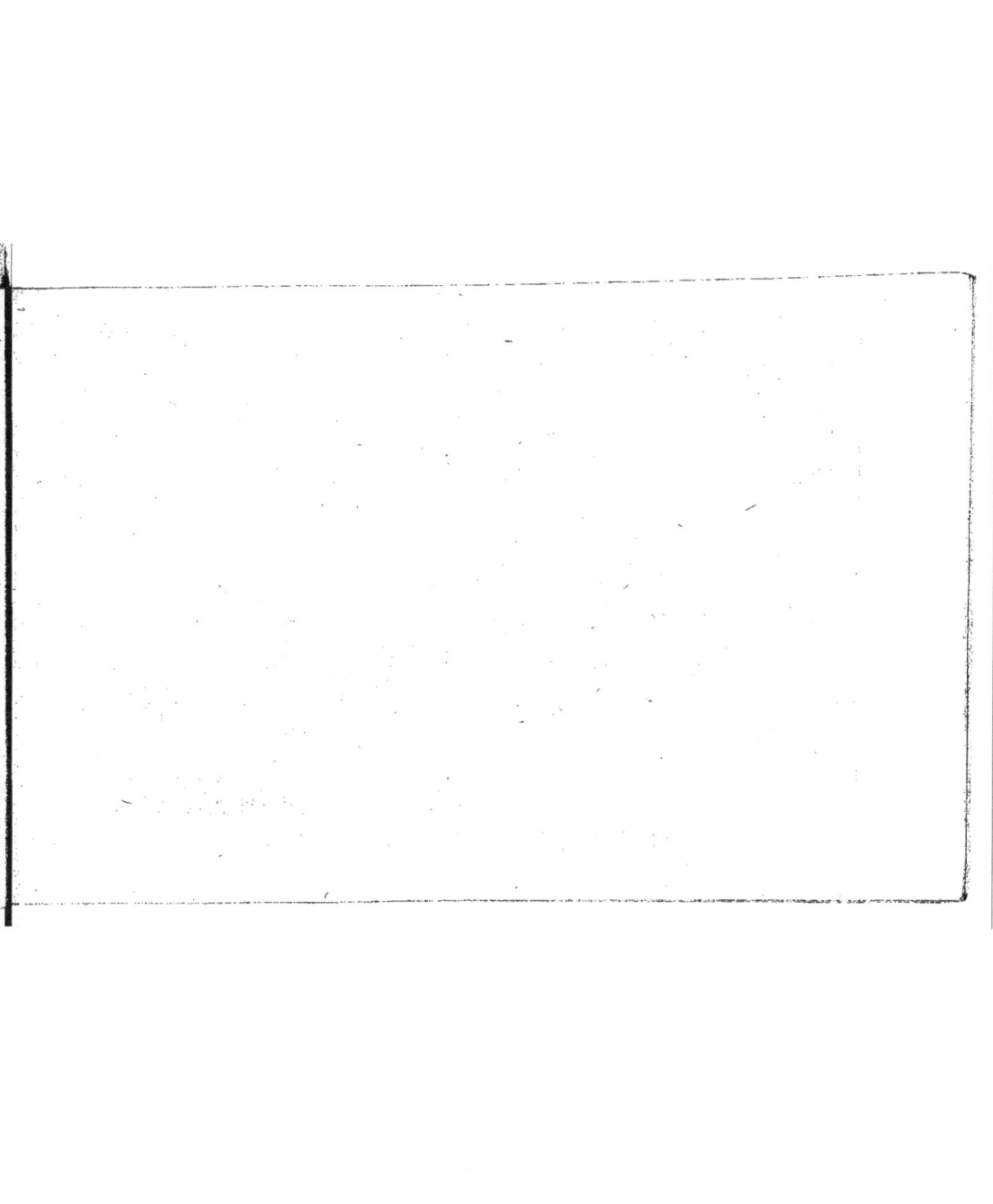

Le Chat et le Renard.

LE CHAT ET LE RENARD.

Le chat et le renard, comme beaux petits saints,
    S'en allaient en pélerinage :
C'étaient deux vrais tartufs, deux archipatelins,
Deux francs pate-pelus, qui des frais du voyage,
Croquant mainte volaille, escroquant maint fromage,
    S'indemnisaient à qui mieux mieux.
Le chemin étant long, et partant ennuyeux,
    Pour l'accourcir ils disputèrent.
    La dispute est d'un grand secours :
    Sans elle on dormirait toujours.
    Nos pélerins s'égosillèrent.

Ayant bien disputé, l'on parla du prochain.
      Le renard au chat dit enfin :
      Tu prétends être fort habile,
En sais-tu tant que moi? J'ai cent ruses au sac.
Non, dit l'autre, je n'ai qu'un tour dans mon bissac ;
      Mais je soutiens qu'il en vaut mille.
Eux de recommencer la dispute à l'envi.
Sur le que-si, que-non, tous deux étant ainsi,
      Une meute apaisa la noise.
Le chat dit au renard : Fouille en ton sac, ami ;
      Cherche en ta cervelle matoise
Un stratagème sûr : pour moi, voici le mien.
A ces mots, sur un arbre il grimpa bel et bien.
      L'autre fit cent tours inutiles,
Entra dans cent terriers, mit cent fois en défaut
      Tous les confrères de Brifaut.

　　　Partout il tenta des asiles ,
　　　　Et ce fut partout sans succès ;
　　La fumée y pourvut, ainsi que les bassets.
　　Au sortir d'un terrier, deux chiens aux pieds agiles
　　　　L'étranglèrent du premier bond.

　Le trop d'expédiens peut gâter une affaire :
　On perd du temps au choix, on tente, on veut tout faire :
　　　N'en ayons qu'un, mais qu'il soit bon.

LE MILAN ET LE ROSSIGNOL.

Après que le milan, manifeste voleur,
Eut répandu l'alarme en tout le voisinage,
Et fait crier sur lui les enfans du village,
Un rossignol tomba dans ses mains par malheur.
Le héraut du printemps lui demande la vie :
Aussi-bien que manger en qui n'a que le son ?
    Écoutez plutôt ma chanson :
Je vous raconterai Térée et son envie.
Qui, Térée ? est-ce un mets propre pour les milans ?
Non pas ; c'était un roi dont les feux violens
Me firent ressentir leur ardeur criminelle :
Je m'en vais vous en dire une chanson si belle

Le Milan et le Rossignol.

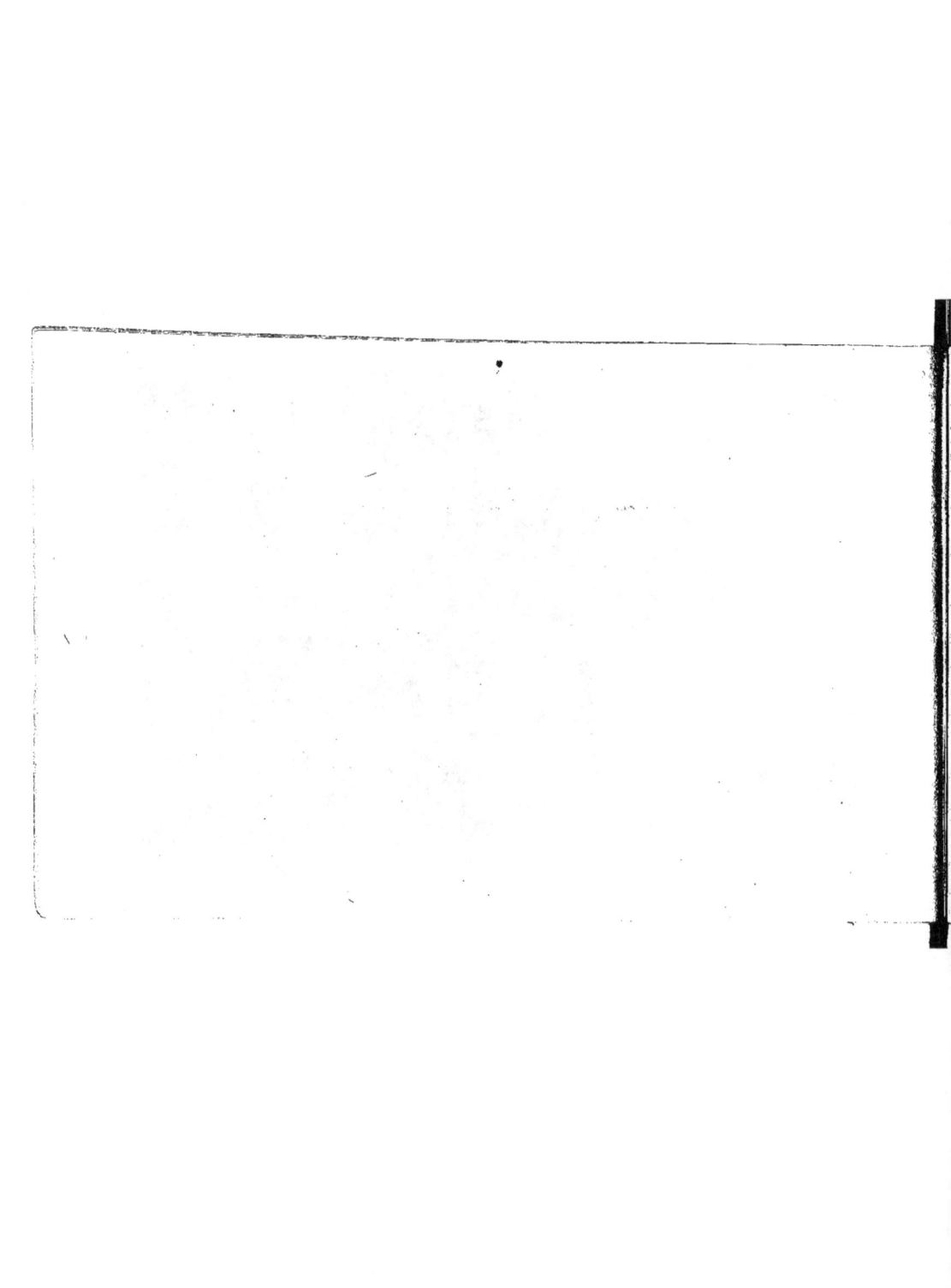

Qu'elle vous ravira : mon chant plaît à chacun.
    Le milan alors lui réplique :
Vraiment nous voici bien, lorsque je suis à jeun
    Tu me viens parler de musique !
J'en parle bien aux rois. Quand un roi te prendra
    Tu peux lui conter ces merveilles
    Pour un milan, il s'en rira :
    Ventre affamé n'a point d'oreilles.

LA PERDRIX ET LES COQS.

Parmi de certains coqs incivils, peu galans ,
Toujours en noise et turbulens,
Une perdrix était nourrie.
Son sexe et l'hospitalité,
De la part de ces coqs , peuple à l'amour porté,
Lui faisaient espérer beaucoup d'honnêteté :
Ils feraient les honneurs de la ménagerie.
Ce peuple cependant , fort souvent en furie,
Pour la dame étrangère ayant peu de respect,
Lui donnait fort souvent d'horribles coups de bec.
D'abord elle en fut affligée :
Mais sitôt qu'elle eut vu cette troupe enragée

La Perdrix et les Coqs.

S'entre-battre elle-même et se percer les flancs,
Elle se consola. Ce sont leurs mœurs, dit–elle :
Ne les accusons point : plaignons plutôt ces gens.
 Jupiter sur un seul modèle.
 N'a pas formé tous les esprits.
Il est des naturel de coqs et de perdrix.
 S'il dépendait de moi, je passerais ma vie
 En plus honnête compagnie.
Le maître de ces lieux en ordonne autrement.
 Il nous prend avec des tonnelles,
Nous loge avec des coqs, et nous coupe les ailes :
C'est de l'homme qu'il faut se plaindre seulement.

LE BERGER ET LE ROI.

Deux démons à leur gré partagent notre vie,
Et de son patrimoine ont chassé la raison.
Je ne vois point de cœur qui ne leur sacrifie.
Si vous me demandez leur état et leur nom,
J'appelle l'un amour et l'autre ambition.
Cette dernière étend le plus loin son empire ;
    Car même elle entre dans l'amour.
Je le ferais bien voir : mais mon but est de dire
Comme un roi fit venir un berger à sa cour.
Le conte est du bon temps, non du siècle où nous sommes.

Ce roi vit un troupeau qui couvrait tous les champs,

Bien broutant, en bon corps, rapportant tous les ans,
Grâce aux soins du berger, de très-notables sommes.
Le berger plut au roi par ses soins diligens.
Tu mérites, dit-il, d'être pasteur de gens :
Laisse là tes moutons, viens conduire des hommes :
    Je te fais juge souverain.
Voilà notre berger la balance à la main.
Quoiqu'il n'eût guère vu d'autres gens qu'un ermite,
Ses troupeaux, ses mâtins, le loup, et puis c'est tout,
Il avait du bon sens : le reste vient ensuite :
    Bref, il en vint fort bien à bout.
L'ermite son voisin accourut pour lui dire :
Veillé-je ? n'est-ce point un songe que je vois ?
Vous favori ! vous grand ! défiez-vous des rois :
Leur faveur est glissante ; on s'y trompe ; et le pire,
C'est qu'il en coûte cher : de pareilles erreurs

Ne produisent jamais que d'illustres malheurs.
Vous ne connaissez pas l'attrait qui vous engage.
Je vous parle en ami. Craignez tout. L'autre rit ;
    Et notre ermite poursuivit :
Voyez combien déjà la cour vous rend peu sage !
Je crois voir cet aveugle à qui, dans un voyage,
    Un serpent engourdi de froid
Vint s'offrir sous la main : il le prit pour un fouet.
Le sien s'était perdu tombant de sa ceinture.
Il rendait grâce au ciel de l'heureuse aventure,
Quand un passant cria : Que tenez-vous ? ô dieux !
Jetez cet animal traître et pernicieux,
Ce serpent. C'est un fouet. C'est un serpent, vous dis-je :
A me tant tourmenter quel intérêt m'oblige ?
Prétendez-vous garder ce trésor ? Pourquoi non ?
Mon fouet était usé, j'en retrouve un fort bon :

Vous n'en parlez que par envie.
L'aveugle enfin ne le crut pas ;
Il en perdit bientôt la vie :
L'animal dégourdi piqua son homme au bras.
Quant à vous, j'ose vous prédire   ,
Qu'il vous arrivera quelque chose de pire.
Eh ! que me saurait-il arriver que la mort ?
Mille dégoûts viendront, dit le prophète ermite.
Il en vint en effet : l'ermite n'eut pas tort.
Mainte peste de cour fit tant par maint ressort,
Que la candeur du juge, ainsi que son mérite,
Furent suspects au prince. On cabale, on suscite
Accusateurs et gens grevés par ses arrêts.
De nos biens, dirent-ils, il s'est fait un palais.
Le prince voulut voir ses richesses immenses ;

Il ne trouva partout que médiocrité,
Louanges du désert et de la pauvreté :
          C'étaient là ses magnificences.
Son fait, dit-on, consiste en des pierres de prix ;
Un grand coffre en est plein, fermé de dix serrures.
Lui-même ouvrit ce coffre, et rendit bien surpris
          Tous les machineurs d'impostures.
Le coffre étant ouvert, on y vit des lambeaux,
          L'habit d'un gardeur de troupeaux,
Petit chapeau, jupon, panetière, houlette,
          Et, je pense, aussi sa musette.
Doux trésors ! se dit-il, chers gages qui jamais
N'attirâtes sur vous l'envie et le mensonge,
Je vous reprends ! sortons de ces riches palais
          Comme l'on sortirait d'un songe.

Sire pardonnez-moi cette exclamation.
J'avais prévu ma chute en montant sur le faîte.
Je m'y suis trop complu : mais qui n'a dans la tête
  Un petit grain d'ambition ?

LE LOUP ET LE RENARD.

Mais d'où vient qu'au renard Ésope accorde un point?
C'est d'exceller en tours pleins de matoiserie.
J'en cherche la raison, et ne la trouve point.
Quand le loup a besoin de défendre sa vie,
　　Ou d'attaquer celle d'autrui :
　　N'en sait–il pas autant que lui ?
Je crois qu'il en sait plus, et j'oserais peut-être
Avec quelque raison, contredire mon maître.
Voici pourtant un cas où tout l'honneur échut
A l'hôte des terriers. Un soir il aperçut
La lune au fond d'un puits : l'orbiculaire image
　　Lui parut un ample fromage.

Le Loup et le Renard.

Deux seaux alternativement
Puisaient le liquide élément.
Notre renard pressé par une faim canine,
S'accommode en celui qu'au haut de la machine
L'autre seau tenait suspendu.
Voilà l'animal descendu,
Tiré d'erreur, mais fort en peine,
Et voyant sa perte prochaine :
Car comment remonter, si quelque autre affamé,
De la même image acharné,
Et succédant à sa misère,
Par le même chemin ne le tirait d'affaire ?
Deux jours s'étaient passés sans qu'aucun vint au puits :
Le temps qui toujours marche avait, pendant deux nuits,
Échancré selon l'ordinaire,
De l'astre au front d'argent la face circulaire.

30

Sire renard était désespéré.
Compère loup, le gosier altéré,
Passe par là : l'autre dit : Camarade,
Je vous veux régaler ; voyez-vous cet objet ?
C'est un fromage exquis : le dieu Faune l'a fait ;
    La vache Io donna le lait.
    Jupiter, s'il était malade,
Reprendrait l'appétit en tâtant d'un tel mets.
    J'en ai mangé cette échancrure,
Le reste vous sera suffisante pâture.
Descendez dans un seau que j'ai là mis exprès.
Bien qu'au moins mal qu'il put il ajusta l'histoire,
    Le loup fut un sot de le croire.
Il descend, et son poids emportant l'autre part,
    Reguinde en haut maître renard.

Ne nous en moquons point : nous nous laissons séduire

Sur aussi peu de fondement ;
Et chacun croit fort aisément
Ce qu'il craint et ce qu'il désire.

FIN.

www.ingramcontent.com/pod-product-compliance
Lightning Source LLC
Chambersburg PA
CBHW060939030726
47503CB00003B/651